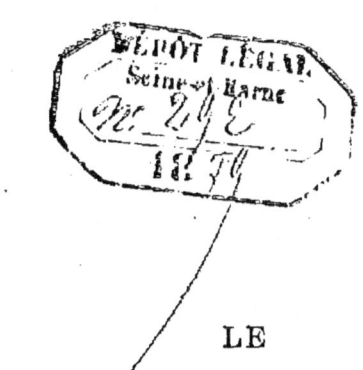

LE

CHALET DES LILAS

—

II

LIBRAIRIE DE E. DENTU, ÉDITEUR

OUVRAGES DU MÊME AUTEUR

Collection grand in-18 jésus à 3 francs le volume

LE MARI DE MARGUERITE, 13ᵉ édition.	3	vol.
LES TRAGÉDIES DE PARIS, 7ᵉ édition.	4	—
LA VICOMTESSE GERMAINE, 7ᵉ édition	3	—
LE BIGAME, 6ᵉ édition.	2	—
LA MAITRESSE DU MARI, 5ᵉ édition.	1	—
LE SECRET DE LA COMTESSE, 4ᵉ édition.	2	—
LA SORCIÈRE ROUGE, 4ᵉ édition.	3	—
LE VENTRILOQUE, 4ᵉ édition.	3	—
UNE PASSION, 4ᵉ édition.	1	—
LA BATARDE, 3ᵉ édition.	2	—
LA DÉBUTANTE, 3ᵉ édition	1	—
DEUX AMIES DE SAINT-DENIS, 3ᵉ édition.	1	—
SA MAJESTÉ L'ARGENT, 5ᵉ édition.	5	—
LES MARIS DE VALENTINE, 3ᵉ édition.	2	—
LA VEUVE DU CAISSIER, 3ᵉ édition	2	—
LA MARQUISE CASTELLA, 3ᵉ édition.	2	—
UNE DAME DE PIQUE, 3ᵉ édition.	2	—
LE MÉDECIN DES FOLLES, 3ᵉ édition.	5	—
LE CHALET DES LILAS	2	—

SOUS PRESSE :

LES FILLES DE BRONZE.

SON ALTESSE L'AMOUR.

LES FILLES DU SALTIMBANQUE.

L'HOMME AU MASQUE.

F. Aureau. — Imprimerie de Lagny.

XAVIER DE MONTÉPIN

LE CHALET
DES LILAS

HISTOIRE D'AMOUR

TOME SECOND

PARIS

E. DENTU, ÉDITEUR

LIBRAIRE DE LA SOCIÉTÉ DES GENS DE LETTRES

PALAIS-ROYAL, 15-17-19, GALERIE D'ORLÉANS

1879

Tous droits réservés

LE
CHALET DES LILAS

HISTOIRE D'AMOUR

PREMIÈRE PARTIE

(Suite)

XXIII

En écoutant parler sa fille, Marie-Monique se sentait renaître et une joie presque divine, — la dernière qu'elle pût éprouver en ce monde, — inondait son âme.

Pendant un instant elle avait eu la crainte, mêlée d'amertume et d'angoisse, de sacrifier Marguerite en immolant à un vieillard sa jeunesse et sa virginité.

Et voici qu'au lieu de la résignation douloureuse d'une victime, elle rencontrait une satisfaction complète, enfantine peut-être, mais sans mélange!

II.   1

Sa fille allait être heureuse !

Son vœu suprême serait exaucé...

Un hymne de reconnaissance ardente s'échappa du cœur de la mourante et monta vers Dieu, comme la fumée des encensoirs s'élève vers le tabernacle.

Puis, après cette muette et fervente action de âces, la mourante reprit :

— Eh bien, mon enfant chérie, puisque tu consens à ce mariage, — que je désirais de toute mon âme, il faut bien que je l'avoue, — il ne nous reste plus qu'à fixer le jour...

— Le jour de quoi, bonne mère ? — demanda Marguerite.

— De ton union avec M. de Ferny.

— Déjà !

— Mais sans doute...

— Rien ne presse... — Il est inutile, ce me semble, de nous hâter si fort...

— Ce n'est point là l'opinion du commandant, chère enfant bien-aimée, — ce n'est pas non plus mon avis... — Quand une chose est parfaitement convenue, irrévocablement décidée, pourquoi la remettre ?

— Attendons au moins que votre guérison soit complète...

— C'est surtout cela, chère fille, qu'il ne faut pas attendre...

— Pourquoi donc?

— Parce que ton mariage me remplira d'une joie si grande, que cette joie, je n'en puis douter, hâtera beaucoup ma convalescence...

— S'il doit en être ainsi vous avez raison, ne perdons pas une minute... — et cependant il est une chose à laquelle je tiens plus qu'à tout au monde.

— Quelle est cette chose?

— C'est votre présence à l'église pour la cérémonie... — Il me semble que, si vous n'étiez pas là, je ne serais pas vraiment mariée...

— Eh bien, nous allons chercher un moyen de te satisfaire.

— C'est cela, cherchons... et surtout trouvons.

— Qu'a dit le médecin?... Tu t'en souviens, n'est-ce pas?

— Comment l'aurais-je oublié?... Il a dit que dans quinze jours votre maladie serait finie...

— Et, par conséquent, ma convalescence en bon train... l'un ne va pas sans l'autre... — Mais il avait compté sans la joie et sans la tranquillité d'esprit que je vais te devoir, qui sont deux souverains remèdes et qui ne manqueront point d'avancer de quelques jours ma guérison... — Rien ne m'empêchera donc, dans douze jours, de t'accompagner à la mairie et à l'église...

— En êtes-vous bien sûre, bonne mère?...

— Je crois pouvoir te le promettre hardiment.

— Eh bien! puisqu'il dépend de moi de hâter votre guérison, vous savez d'avance, mère chérie, que je n'hésiterai pas... — Vous souhaitez que mon mariage ait lieu dans douze jours... — que votre volonté soit faite, elle est aussi la mienne.

— Ah! — s'écria Marie-Monique avec un involontaire attendrissement tandis que quelques larmes, tout à la fois amères et douces, coulaient de ses yeux, — ah! mon enfant, tu es un ange, et le bonheur est auprès de toi...

— Tant mieux! — répondit joyeusement Marguerite en embrassant sa mère, — car alors vous serez heureuse, puisque nous ne nous quitterons jamais.

Au moment où la jeune fille prononçait ces derniers mots, on frappa doucement et d'une façon discrète à la porte qui donnait sur le jardin.

— C'est lui, sans doute... — dit Marie-Monique.

— Le commandant?

— Oui... Peut-il entrer?

— Mais certainement, — répondit Marguerite.

Et elle ajouta en riant et en se dirigeant vers la porte :

— Une femme ne doit jamais faire attendre son mari... même futur... Vous voyez, ma mère, que je suis dans les bons principes...

En même temps, elle ouvrit la porte.

Le commandant parut sur le seuil.

Il était pâle d'inquiétude, et tellement troublé qu'en entrant dans la chambre il parut chancelant et près de tomber.

— Eh bien? — demanda-t-il à Marie-Monique d'une voix si agitée que le timbre en était méconnaissable, — eh bien?...

— J'ai parlé à Marguerite...—fit madame Chesnel.

— Et qu'a-t-elle dit?...

— Demandez-le à elle-même, mon ami, elle vous répondra...

Le vieux soldat se tourna vers la jeune fille qui souriait, et, trop ému pour lui parler, il l'interrogea d'un regard qui révélait toutes ses anxiétés, toutes ses craintes, tous ses espoirs.

— Oui, je répondrai, — dit Marguerite, — et ma réponse ne se fera pas attendre. — Comme à ma mère je vous répète que je consens de très grand cœur à me marier avec vous... — J'ajouterai que je suis sûre que vous serez un excellent mari, et que je ferai, moi, tout au monde pour n'être pas trop mauvaise femme.

M. de Ferny, enivré d'une joie surhumaine, fut au moment de se jeter aux genoux de Marguerite pour lui peindre mieux son délire.

Par bonheur il se souvint de son âge et de ses cheveux blancs, et en outre il se rappela que ses rhumatismes pourraient bien l'empêcher de se relever après sa génuflexion.

Ces souvenirs l'arrêtèrent fort à propos et lui sauvèrent le ridicule ineffaçable dont il allait se couvrir aux yeux de la jeune fille, en jouant sottement le rôle d'un Géronte amoureux.

Heureux de s'être contenu à temps il prit la main que Marguerite lui tendait, et il la porta à ses lèvres en murmurant avec une émouvante simplicité :

— Dieu m'est témoin que je ne voudrais être plus jeune que pour avoir la certitude de vous rendre heureuse plus longtemps !...

Loin de nous la volonté de poser Marguerite devant nos lecteurs comme une héroïne de courage et de dévouement filial, se sacrifiant sans une larme et sans une plainte pour donner à sa mère une joie et une tranquillité suprêmes.

Dans son entretien avec Marie-Monique, nous avons entendu la jeune fille prononcer une phrase qui rendait exactement sa pensée intime.

— Puisqu'il me faut absolument un mari, — avait-elle dit, — je préfère de beaucoup le commandant à tous ceux qui auraient pu se présenter...

Et elle avait ajouté :

— Lui, du moins, je le connais, — c'est un homme excellent, que j'aime déjà de tout mon cœur et comme s'il était mon père... — De là à l'aimer comme un mari, il n'y a qu'un pas.

En parlant ainsi Marguerite avait dit la vérité,

ou du moins ce que, dans son inexpérience virginale, elle prenait pour la vérité.

Cela s'explique.

Rare et charmante exception à une époque où la corruption de l'esprit, où la science du mal, n'attendent point le nombre des années, et où l'enfance, éclairée par des lueurs précoces et funestes, devine avec une clairvoyance effrayante les mystères de l'adolescence, Marguerite, dans un cœur intact, conservait tous les trésors de sa candeur primitive...

Sans doute l'ange gardien de l'adorable jeune fille, vigilant défenseur d'une si précieuse innocence, avait enveloppé de ses ailes cette âme immaculée pour la préserver de toute souillure...

Il avait réussi dans sa divine mission.

Marguerite, — au moment où nous venons de la mettre en scène, — était aussi pure, aussi profondément ignorante des choses de la chair, qu'au jour de son baptême.

Pour elle le mot *amour* n'offrait aucun sens.

Elle ne soupçonnait point qu'il y eût dans le mariage autre chose que l'union des âmes.

Ne faisant et ne pouvant faire aucune différence entre la tendresse d'une fille pour son père et celle d'une femme pour son mari, — il lui importait peu que ce mari fût un vieillard, puisque ce vieillard lui inspirait autant d'affection que de respect.

Aucune répugnance ne se mêlait donc au consentement qu'elle avait donné, — aucune terreur ne se soulevait en elle à la pensée de l'amour d'un vieillard !

Dans son mariage avec le commandant, elle ne voyait qu'un lien nouveau et plus fort l'attachant à un ami dévoué, — la tranquillité de sa mère, — et des fleurs abondantes dans un plus grand jardin.

Voilà tout.

. Aussi son front était calme comme son cœur, et rien ne venait troubler la quiétude de son âme candide.

Cette explication nous semblait indispensable pour bien faire comprendre l'attitude de Marguerite dans les circonstances où la jeune fille se trouvait placée, et où tant d'autres auraient éprouvé les angoisses d'une répulsion désespérée.

Maintenant que la situation est suffisamment éclaircie, rejoignons les personnages de notre récit.

— Mon ami, — dit madame Chesnel au commandant, — j'ai compris qu'aux joies vives et profondes il ne fallait apporter aucun retard, et j'ai décidé Marguerite, qui du reste y consentait volontiers, à fixer le jour de votre mariage.

— Et ce jour ?... — demanda M. de Ferny, dont le cœur semblait battre dans une poitrine de vingt ans.

— Sera le douzième à partir d'aujourd'hui... — Vous voyez, mon ami, que vous ne sauriez vous plaindre de nous... — La loi ne nous aurait point permis d'aller d'un jour ni d'une heure plus vite.

— Ah ! mon amie, mon amie... — balbutia le commandant, — comment pourrai-je jamais vous remercier dignement?... Comment vous prouver jamais ma reconnaissance ?...

— En appréciant selon sa valeur le trésor que je vous confie... — répondit la mourante avec un doux et triste sourire, — en rendant Marguerite heureuse...

— Est-ce que vous doutez qu'elle doive l'être ?...

— Est-ce que je vous la donnerais si j'en doutais ?...

— Je suis fier de ce que vous venez de dire, et je bénis Dieu de ce que vous me connaissez si bien...

1.

XXIV

— Maintenant, — fit madame Chesnel, — occupons-nous de la partie matérielle de l'union qui va s'accomplir. — Marguerite, mon enfant, va dans l'autre chambre, — ouvre le secrétaire, — cherche dans le tiroir du milieu, et apporte-moi une petite liasse de papiers attachés par un ruban noir...

— J'y vais, bonne mère...

Pendant son absence, qui ne dura que quelques secondes, Marie-Monique et le commandant n'échangèrent aucune parole.

Le vieillard s'absorbait dans sa passion.

La mourante s'efforçait de sonder par la pensée les ténèbres mystérieuses de l'avenir.

La jeune fille rentra, apportant la liasse que lui avait demandée sa mère.

— Défais ce cordon, — lui dit cette dernière, dont les mains étaient trop faibles pour s'acquitter de cette tâche, si facile cependant.

Marguerite obéit.

— Bien. — Maintenant, mets ces papiers sur mes genoux...

Les mains tremblantes de Marie-Monique agitèrent pendant quelques instants les trois ou quatre feuilles timbrées sur lesquelles s'inscrivaient en caractères hiéroglyphiques les grands événements de sa vie.

Il y avait son acte de mariage, — l'acte de décès de Maurice, — l'acte de naissance de Marguerite.

— Oh! — pensa la mourante, — il faut se hâter... — Sans cela, mon acte mortuaire viendrait se joindre à celui de Maurice...

Puis, tout haut, elle dit :

— Commandant, prenez ces papiers et allez à la mairie sans perdre un instant pour vous mettre en règle... — Vous irez ensuite à l'église, et vous achèterez deux bans, de façon qu'une seule publication soit nécessaire... — On la fera dimanche prochain...

— Ah! mon impatience égale la vôtre.

— C'est impossible, mon ami... vous savez pourquoi... — Quant au notaire, c'est à vous de décider si vous jugez convenable de faire un contrat, puisque Marguerite ne vous apporte rien... — Décidez donc, et j'approuverai d'avance le parti que vous prendrez...

— Je passerai chez le notaire en sortant de la mairie et de l'église, et je lui donnerai les bases du contrat tel que je veux qu'il soit fait... — Vous convient-il qu'il apporte ici, demain, l'acte tout prêt et que nous n'aurons qu'à signer?...

— Parfaitement.

— Quelle heure préférez-vous?

— Craignez-vous donc que je ne sois sortie quand vous viendrez, mon ami?... — demanda madame Chesnel avec ce sourire de résignation mélancolique dont elle avait pris l'habitude depuis quelque temps. — Que m'importe l'heure? Est-ce que, maintenant, les heures existent pour moi?...

*
* *

Le lendemain, dans l'après-midi, le commandant arriva avec le notaire, et lecture du contrat fut faite à Marie-Monique.

Par cet acte M. de Ferny assurait à mademoiselle Marguerite Chesnel la propriété complète et absolue de tout ce qu'il possédait.

— Est-ce bien ainsi? — demanda le vieillard.

— Oh ! — mon ami, — répondit Marie-Monique, — vous dépassez ma dernière espérance… — grâce à vous, je mourrai tranquille…

A partir de ce moment, les préparatifs du mariage marchèrent rapidement.

M. de Ferny apporta les cadeaux d'usage à sa jeune fiancée… — une petite montre, — quelques bijoux bien simples, — deux ou trois robes de couleur sombre.

Hélas ! il savait bien que ces robes, la pauvre enfant ne pourrait pas les porter de sitôt, et que, presque au sortir de la cérémonie nuptiale, il lui faudrait échanger sa virginale parure contre des vêtements de deuil !…

Le commandant ne se trompait pas plus que ne s'était trompé le médecin.

En effet, à mesure que passaient les jours, la faiblesse déjà si effrayante de madame Chesnel augmentait.

Vainement la mourante s'efforçait de dissimuler à Marguerite les progrès de la mort qui déjà s'emparait de sa proie tout entière, la jeune fille s'apercevait bien que cette convalescence, sur laquelle elle avait compté, semblait reculer d'heure en heure.

Elle se faisait encore illusion cependant sur l'état de Marie-Monique, et elle continuait à espérer.

Soutenue par cet espoir, et désirant avec ardeur
que sa mère pût assister à son mariage, elle demanda
à deux ou trois reprises que le jour de la cérémonie
fût retardé indéfiniment.

Madame Chesnel ne pouvait pas admettre un retard.

Elle sentait littéralement la terre manquer sous
ses pieds, et elle voulait ne descendre dans sa fosse
qu'avec une certitude au lieu d'une espérance.

Les choses suivirent donc leur cours, à la grande
douleur de Marguerite qui répétait :

— Je vais être à l'église toute seule!... sans ma
mère qui est toute ma famille ! J'aurai l'air d'une
pauvre fille abandonnée ! !

. . . .

Le douzième jour arriva.

Marguerite, le cœur bien gros et les yeux rougis
par les pleurs, s'habilla tout de blanc et attacha sur
ses admirables cheveux bruns la couronne de fleurs
d'oranger et le long voile flottant.

Sous ces amples vêtements sans tache, et avec
son visage aussi pâle que s'il eût été modelé en cire,
la jeune fille ressemblait à une statue de la Vierge
taillée dans un bloc de marbre.

Le commandant vint en voiture avec ses témoins
chercher sa triste fiancée.

Avant de suivre le vieillard auquel elle allait en-
chaîner sa vie, Marguerite se jeta aux genoux de sa

mère et fondit en larmes. — On eût dit que son
cœur allait se briser, tant ses sanglots étaient con-
vulsifs.

M. de Ferny se méprit sur la cause de cette crise.

— Marguerite, mon enfant, — dit-il d'une voix
émue, mais ferme cependant, — si vous avez réflé-
chi au grand acte qui va s'accomplir... si la pensée
d'une union avec moi vous épouvante, il est temps
encore de vous arrêter!... — Dois-je vous rendre
votre parole?

Marguerite se tourna vers le commandant et,
cherchant à lui sourire à travers ses pleurs, elle
répondit :

— Non, mon ami, je ne veux pas m'arrêter... —
J'ai consenti librement à devenir votre femme... —
je n'ai point changé... — je consens toujours. —
Ma tristesse ne vient pas de là... — Si ma mère
pouvait nous accompagner, je ne pleurerais plus
et je serais joyeuse.

Marie-Monique appuya ses mains défaillantes sur
le front de sa fille agenouillée.

— Mon enfant... mon enfant chérie... ma fille
bien-aimée,—lui dit-elle,—c'est mon corps seul qui
va rester ici... ma pensée, mes prières né te quitte-
ront pas un instant... — J'ai été heureuse par toi
depuis ta naissance... — heureuse par toi je serai
jusqu'à la fin... — Je te bénis, ma fille...

Puis, se tournant vers M. de Ferny, que la réponse de Marguerite avait soulagé d'un poids écrasant, elle ajouta :

— Ramenez-la bien vite, mon ami...

* *
*

Ce fut un mariage lugubre et dont beaucoup des habitants de Vesoul se souviennent encore.

Tout le monde connaissait le commandant.

Chacun savait que Marguerite Chesnel avait dix-sept ans à peine et qu'elle était la plus jolie fille de la ville et des environs.

L'union de cette enfant ravissante avec ce vieillard presque septuagénaire avait attiré dans l'église un assez grand nombre de curieux.

La pâleur de la fiancée, son visage charmant, marbré de récentes traces de larmes encore mal essuyées, furent l'objet d'innombrables commentaires, généralement malveillants.

On affirma que Marguerite, en marchant à l'autel, subissait une contrainte à laquelle elle n'osait pas résister.

On prédit qu'un semblable mariage, qui faisait évidemment le malheur d'une jeune fille, ne pouvait être heureux dans l'avenir et porterait bien vite des fruits amers pour le commandant.

A plus d'une reprise fut prononcé ce vieux mot si net et si précis du langage de nos pères, — ce mot qu'on retrouve à chaque page dans les comédies de Molière, — ce mot devant lequel Paul de Kock n'a point reculé, et qu'il a mis en tête d'un de ses romans les plus populaires, — ce mot enfin que, moins hardis, nous remplaçons par des synonymes et par des périphrases, pour nous conformer à la pruderie d'une époque d'autant plus hypocrite qu'elle est plus corrompue.

Bref, les trois quarts au moins des curieux déclarèrent que M. de Ferny serait, — et cela par sa propre faute, — le plus *prédestiné* des maris du passé, du présent et de l'avenir.

On ne négligea point, — croyez-le bien, — de jeter la pierre à madame Chesnel, et, l'opinion générale fut qu'elle vendait sa fille au commandant.

— Mais ça ne lui portera point bonheur !... — fit observer une digne femme, qui se signalait entre toutes par son acharnement contre le commandant et contre Marie-Monique. — Non, ça ne lui portera point bonheur !... — sans ça, le bon Dieu ne serait pas juste !...

Tandis que s'échangeaient ces propos la cérémonie s'achevait ; — Marguerite Chesnel était, devant Dieu et devant les hommes, la comtesse Marguerite de Ferny.

FIN DE LA PREMIÈRE PARTIE

DEUXIÈME PARTIE

I

Evitons de pénibles et inutiles détails.

Ne nous appesantissons point sur des scènes douloureuses, ne transformons pas les pages de ce livre en un procès-verbal des derniers jours et des dernières lueurs de la lente agonie de Marie-Monique.

Disons ce qu'il importe de faire connaître à nos lecteurs, et glissons rapidement sur le reste.

Le commandant savait, à n'en pouvoir douter, que la vie de madame Chesnel ne se prolongerait point au delà du quinzième jour, par conséquent il ne pouvait songer à emmener la jeune femme de la maison de sa mère mourante, avant l'inévitable et imminente catastrophe.

A partir du moment où les nouveaux époux revinrent de l'église, jusqu'à celui de la mort de Marie-Monique, il n'y eut donc rien de changé dans l'existence de Marguerite.

Au lieu de se nommer mademoiselle Chesnel elle se nomma madame de Ferny. — Voilà tout.

Elle n'était d'ailleurs, — quoique mariée, — ni plus ni moins jeune fille qu'avant la bénédiction nuptiale.

Dans ses rares tête-à-tête avec Marguerite, le commandant, — qui chaque soir regagnait son propre logis, — n'avait d'autre préoccupation que de préparer peu à peu la pauvre enfant au coup terrible qui la menaçait, en lui enlevant, par des gradations habilement ménagées, et avec des délicatesses infinies, les illusions qu'elle s'obstinait à conserver malgré l'évidence.

Enfin Marguerite fut amenée par lui à cette conviction terrible que pour sauver Marie-Monique il fallait un miracle.

Alors, dans son ardent amour pour sa mère, dans sa foi sublime en Dieu, elle ne perdit pas encore tout espoir ; — elle pria comme savent prier les âmes ardentes et convaincues, elle implora du ciel le miracle nécessaire, elle cria de toute la force de sa jeunesse et de son désespoir :

— Mon Dieu... Dieu tout-puissant et bon... ne

laissez pas mourir ma mère, et en échange de sa
vie prenez la mienne... ou, si vous l'appelez à
vous, appelez-moi en même temps !

Inutiles prières et larmes perdues !...

Dieu n'écouta pas, — où Dieu ne voulut pas entendre.

Le quinzième jour se leva...

Le dernier du sursis que le mal implacable accor-
dait à la condamnée...

Marie-Monique était si faible que c'est à peine si
sa voix pouvait se faire entendre.

Comme de coutume elle avait voulu qu'on la
portât dans son fauteuil, auprès de la cheminée de
la première chambre.

Vers midi elle demanda un prêtre et s'entretint
longuement avec lui...

Que pouvait-elle lui dire ?

Dans la vie tout entière de la pauvre femme il
n'y avait pas une faute, — il n'y avait pas une tache.

— Ame vraiment grande et pure, envolez-vous
en paix !... — telle fut la dernière parole du prêtre.

Après son départ, la mourante fit un signe à
Marguerite et au commandant.

— Restez près de moi, — murmura-t-elle, —
près de moi, tous les deux...

Le ciel était bas et sombre, — il pleuvait, — les
fenêtres aux carreaux étroits ne tamisaient qu'un
jour douteux.

— La nuit vient... — répéta deux fois Marie-Monique, — la nuit vient...

Puis elle se tut.

Ses yeux restaient largement ouverts.

On entendait, dans le silence, le bruit de sa respiration saccadée.

Marguerite, immobile et muette, ressemblait à une statue de la Douleur.

Sur son visage livide coulaient une à une, et sans cesse, des larmes qui mouillaient le corsage de sa robe.

Elle ne savait même pas qu'elle pleurait.

On voyait ses lèvres remuer comme si elles avaient prononcé tout bas des paroles incessamment répétées.

C'était sa prière à Dieu, — sa prière pour demander un miracle, — qu'elle ne se lassait point de redire.

Quelques heures se passèrent ainsi.

Tout à coup la mourante fit un mouvement.

— Marguerite... — balbutia-t-elle.

De ses deux mains Marguerite essuya ses yeux et se pencha vers sa mère.

— Embrasse-moi... mon enfant... — balbutia Marie-Monique.

La jeune femme attacha ses lèvres avec une délirante ardeur sur le front et sur les joues de l'agonisante.

Marie-Monique continua :

— Voilà que le sommeil arrive... — assieds-toi à mes pieds, ma fille... — prends ma main... — place-la sur ta tête... Je veux, en m'endormant, te sentir auprès de moi... Il fait si sombre... je ne te vois plus... la nuit est venue bien vite aujourd'hui...

Puis, s'adressant au commandant, elle poursuivit :

— Et vous... mon ami... l'autre main... prenez-la dans les vôtres... ainsi... c'est bien ainsi...

Le vieillard et la jeune femme avaient obéi.

Marie-Monique, pour la seconde fois, répéta d'une voix lente et presque indistincte :

— Oui... voilà que le sommeil arrive...

Sa tête s'appuya en arrière, contre le dossier du fauteuil...

Ses yeux se fermèrent...

Ses lèvres eurent un dernier sourire...

Elle dormait.

— Ah! — pensa Marguerite en regardant sa mère et en voyant le sourire empreint sur sa bouche, — si Dieu m'avait écoutée, pourtant!! si le miracle s'accomplissait!!

Et l'espérance, presque naufragée, remonta à la surface de son âme.

Au bout d'une heure à peu près le commandant fit un mouvement brusque, — ses sourcils se contractèrent, — son visage bronzé pâlit.

Il venait de sentir la main de Marie-Monique se raidir et se glacer entre les siennes.

— Prenez garde... oh! prenez garde, mon ami... — dit vivement Marguerite, — vous allez réveiller ma mère.

— Pauvre enfant... pauvre enfant... — répondit le vieillard en prenant la jeune femme dans ses bras et en l'appuyant contre son cœur. — Hélas! sur cette terre, il ne vous reste plus que moi!

— Ah! — cria d'une voix déchirante Marguerite, qui comprit la vérité terrible, — ah! ma mère! ma mère!...

Et, se dégageant de l'étreinte de son mari, — se jetant à genoux, le visage enfoui dans les vêtements de celle qui n'était plus qu'un cadavre, elle reprit :

— Ma mère est morte!... — je veux mourir...

*
* *

Laissons s'écouler un intervalle de quatre ou cinq mois et pénétrons dans la maison de M. de Ferny, — cette petite maison si gaie et si riante, dont nous avons montré précédemment à nos lecteurs les murailles fraîchement peintes, la porte aux cuivres éblouissants, et la terrasse couronnée de ses berceaux de pampres verts.

C'était au milieu de l'hiver.

Un feu de grosses bûches brûlait dans la cheminée

d'un salon de moyenne grandeur garni de meubles du temps de l'empire recouverts en velours d'Utrecht un peu fané.

Sur le manteau de cette cheminée en marbre de Sainte-Anne on voyait une lourde pendule, — du même style et de la même époque que les meubles, —représentant un Apollon doré, debout sur un char également doré, et conduisant un attelage de quatre chevaux de bronze vert.

A droite et à gauche, des vases de porcelaine, — (imitation de Sèvres), — ornés de peintures figurant des trophées d'armes.

De chaque côté de ces vases, — et complétant la garniture, — de raides candélabres, moitié or et moitié bronze.

Dans chacun des quatre panneaux du salon se trouvaient de grands portraits en pied, très anciens, dans des cadres de bois sculpté d'un admirable travail.

Ces portraits, — unique débris de la splendeur passée de la vieille famille des Ferny, — étaient ceux de quatre des ancêtres du commandant.

Ces hommes de guerre, — ces capitaines bardés de fer, dont les chroniques franc-comtoises relatèrent avec soin les faits et gestes, — avaient de rudes visages et des tournures martiales pleines de noblesse et de fierté.

Dans l'angle gauche de chacun de ces portraits étincelait l'écusson des Ferny, — *mi-parti de gueules*

et de sable au léopard d'argent passant, — timbré de
la couronne de comte.

Ces antiques peintures auraient suffi pour donner
un fort grand air au salon si le vieux soldat, faisant
preuve du mauvais goût le plus déplorable, n'avait
imaginé de placer, à droite, à gauche et au-dessous
de ces cadres splendides, partout enfin, des gravures à la manière noire, retraçant des batailles de
l'Empire.

Signaler la présence de gravures à la manière
noire — (Jazet d'après Vernet), —c'est tout dire!...

Il y avait en outre, dans ce salon, un trophée
d'armes, — et un râtelier d'acajou auquel s'accro-
chaient en bon ordre les pipes du commandant.

Devant les deux fenêtres de larges jardinières
rustiques, remplies de plantes grasses, suffisaient
à témoigner de la présence de Marguerite dans la
maison, — car la passion des fleurs semblait diffi-
cilement compatible avec les goûts et les habitudes
du vieux soldat.

Enfin, — dernier détail d'un mobilier qu'il nous
fallait bien photographier, au risque d'être accusé
de faire concurrence aux procès-verbaux des com-
missaires-priseurs, — deux sièges, plus amples et
plus confortables que les incommodes fauteuils de
l'époque impériale, étaient destinés, à droite et à
gauche de la cheminée, au maître et à la maîtresse
de la maison.

II

Au moment où nous venons d'introduire nos
lecteurs dans le salon de la petite maison du commandant, par un jour d'hiver et vers les trois heures
de l'après-midi, le vieillard et sa jeune femme étaient
assis en face l'un de l'autre sur les deux sièges ca-
pitonnés aux deux angles de la cheminée.

Le commandant, un bonnet de velours noir sur
la tête, et vêtu d'une sorte de veste en étoffe épaisse
à longs poils, avait les jambes croisées l'une sur
l'autre et fumait une grosse pipe d'écume de mer,
merveilleusement culottée, tout en parcourant
d'un œil distrait les interminables colonnes d'un
journal.

De temps en temps, et au moment où ses lèvres
venaient de laisser échapper une formidable bouffée
de fumée, celle de ses mains qui soutenait le jour-

nal s'abaissait; son regard passait par-dessus la marge grisâtre de la feuille politique, et s'attachait avec une expression manifeste d'anxiété et de déplaisir sur le visage de Marguerite placée en face de lui.

La jeune femme était assise, ou plutôt renversée en arrière dans une attitude profondément triste et découragée.

Elle portait le grand deuil de sa mère, et les teintes mates d'une robe de laine noire rendaient plus frappants la pâleur de son doux visage et le large cercle bleuâtre tracé sous les contours si fins et si délicats de ses paupières.

Ses lèvres mêmes n'offraient plus cette charmante couleur d'un rouge vif, qui les faisait ressembler à des cerises mûres.

Marguerite tenait un ouvrage de broderie auquel elle avait travaillé sans doute.

Mais bientôt son aiguille, échappée de sa main distraite, était tombée sur ses genoux sans qu'elle eût songé à la relever.

Maintenant sa tête s'appuyait au dossier du fauteuil, et ses regards se fixaient avec une immobilité étrange sur les flammes du foyer qu'à coup sûr ils ne voyaient pas.

Enfin une larme furtive roula sur les prunelles sombres de la jeune femme, se suspendit à l'extrémité recourbée de ses longs cils, comme une perle ou comme une goutte de rosée, et tomba sur sa joue, satin vivant où elle se sécha.

Quelles pensées amères absorbaient donc ainsi Marguerite et lui faisaient tout oublier ?...

A quelles angoisses secrètes s'abandonnait-elle sans résistance, ainsi qu'un nageur dont les forces sont épuisées, et qui, lassé d'une impuissante lutte, se livre au courant qui l'entraîne ?...

Pour répondre à la double question que nous venons de formuler, toutes les pages de cette étude ne suffiraient pas.

Nous remplirions des volumes si nous voulions analyser les douleurs sans cesse renaissantes subies par la pauvre enfant depuis la mort de Marie-Monique, — douleurs d'autant plus poignantes qu'il lui fallait les concentrer en elle-même et les accueillir avec une muette résignation.

Ce fut d'abord le désespoir sans bornes de l'orpheline en entendant clouer les planches du cercueil sur le cadavre de sa mère... — mais au moins ce désespoir pouvait s'épancher !...

Le patient dont les outils du chirurgien tenaillent et martyrisent la chair vive, se soulage en poussant des cris.

Il en fut de même pour Marguerite.

Mais de nouvelles souffrances arrivèrent, — souffrances auxquelles nulle autre douleur ne se peut comparer...

2.

Celles-là, Marguerite n'avait pu les prévoir, — il lui fallait les garder secrètes, les cacher à tous les yeux comme on cache une plaie honteuse, — et nous ne pouvons qu'en indiquer ici en quelques mots la nature, car le terrain sur lequel il nous faudra marcher est brûlant.

Dès le lendemain de la mort de madame Chesnel le commandant emmena sa jeune femme dans sa maison.

Nous disons le lendemain, car l'orpheline avait passé la nuit tout entière agenouillée auprès de la couche funèbre.

Pendant quelques jours, et afin de laisser aux premiers éclats du désespoir le temps de se calmer, M. de Ferny prit assez sur lui pour traiter sa femme avec une tendresse toute paternelle.

Il avait été l'ami sincère de madame Chesnel. — Il la pleurait avec Marguerite, qui versait dans son sein le trop plein de sa douleur et qui, touchée de se voir si bien comprise, sentait redoubler sa filiale affection pour le commandant.

Mais bientôt ce dernier, avec l'égoïsme de la passion, compliqué de l'égoïsme naturel aux vieillards, trouva que Marguerite avait assez pleuré, ou du moins que son chagrin commençait à se montrer trop exclusif.

Il oublia tout, pour ne plus se souvenir que de son amour et de ses droits.

Quand une tendresse mutuelle ne vient pas les rendre sacrés, les droits du mariage sont hideux, — surtout lorsqu'il s'agit de la déplorable union d'un vieillard et d'une enfant.

Marguerite ne comprit pas d'abord...

Mais bientôt la lumière se fit... — bientôt le voile déchiré largement lui montra la triste réalité.

La fille chaste et pure à qui son misérable père viendrait adresser d'incestueuses propositions, n'éprouverait pas une horreur plus répulsive, un dégoût plus profond que ne le furent l'horreur et le dégoût de l'épouse encore vierge, quand des lueurs fatales eurent éclairé l'abîme au fond duquel il lui fallait tomber, poussée par le consentement irraisonné qui l'avait faite légalement l'esclave d'un vieillard!...

Combien Marguerite eût trouvé doux de mourir alors!!

Mais la mort ne voulait pas d'elle.

Combien elle eût béni Dieu, si Dieu lui eût offert de la rendre libre à la condition qu'elle tendrait la main pour vivre et qu'elle mangerait le pain de l'aumône!...

La pauvre enfant envisagea d'un seul regard toute l'étendue du malheur qu'elle avait accepté.

Elle se soumit... se résigna sans une plainte et sans un murmure.

Elle cacha ses répulsions, — elle déguisa les révoltes de tout son être...

Seulement, il nous faut renoncer à donner une idée, même imparfaite, de ses souffrances de chaque jour et des terreurs de ses nuits troublées.

Dans ses rêves eux-mêmes revenaient des souvenirs et des images qui la faisaient frémir et qui la réveillaient en sursaut, baignée d'une sueur froide.

Enfin elle en était arrivée à éprouver pour le commandant un sentiment bizarre et complexe.

Une partie de son affection d'autrefois pour l'ami de son enfance subsistait encore.

Elle l'aimait comme un père, et elle savait rendre justice à toutes ses grandes qualités; mais comme mari, il lui faisait horreur.

Elle tendait son front avec joie à une caresse chaste, à un baiser tout paternel.

Mais quand les lèvres du vieillard cherchaient ses lèvres, elle sentait son cœur s'arrêter et tous ses sens frissonnaient.

Le commandant, dont la nature était un composé de noblesse et de trivialité, ne comprenait qu'à demi ce qui se passait dans l'esprit et dans le cœur de sa jeune femme.

Il s'apercevait bien qu'affectueuse et tendre avec lui, mais d'une tendresse purement filiale, elle devenait d'une froideur de glace dans ses bras, pareille à une statue vivante, et il s'en irritait sourdement.

Puis, par moments, il se prenait à réfléchir... — il songeait à son âge et à celui de Marguerite... — il devinait vaguement la répulsion qu'il devait lui inspirer, et alors il s'efforçait de ne plus l'aimer que comme si elle eût été sa fille.

Mais bientôt ses sens, un instant calmés, reprenaient leur empire.

Il oubliait son âge...

Il se croyait jeune, parce qu'il avait conservé les passions de la jeunesse.

Il se disait :

— Après tout, elle est à moi !...

Et le martyre de Marguerite continuait.

Presque chaque jour la scène muette que nous avons retracée au commencement de ce chapitre se jouait dans le salon du commandant.

La jeune femme laissait tomber son ouvrage et s'absorbait à son insu dans de longues et douloureuses rêveries.

M. de Ferny, inquiet et irrité de cette tristesse, épiait les impressions pénibles qui se reflétaient sur le visage de Marguerite, et comptait avec rage les larmes qui coulaient de ses yeux.

— Je ne veux que son bonheur ! — pensait-il, — pourquoi donc est-elle malheureuse ?

Ce jour-là, il s'était posé dix fois de suite la ques-

tion que nous venons de reproduire et, naturellement, il n'avait pu se répondre.

— Marguerite... — dit-il d'un ton brusque.

La jeune femme tressaillit comme quelqu'un
qu'on éveille.

— Mon ami? — demanda-t-elle en se penchant
vers le vieillard et en essayant de lui sourire.

— Qu'avez-vous donc?

— Moi, mon ami?... — fit-elle avec surprise.

— Oui, vous...

— Mais je n'ai rien... — Que voulez-vous que
j'aie?

— Alors, pourquoi pleurez-vous?

— Est-ce que je pleure?

— Tenez, vous avez là, sur la joue, une larme à
peine séchée...

— Je l'ignorais, je vous assure.

— Est-ce que vous êtes souffrante?

— Non, mon ami, en aucune façon... — Je ne
me suis jamais mieux portée...

— A quoi pensiez-vous tout à l'heure...

— Je pensais à ma mère?

— Votre mère... — répéta le commandant. —
Croyez-vous qu'elle serait heureuse, la pauvre
chère femme, si elle vous voyait comme vous
êtes?...

— Comment suis-je?

— Toujours triste, — toujours en larmes!...

— Songez donc, mon ami, qu'il ne s'est écoulé qu'un temps bien court depuis le malheur qui m'a frappée... — J'aimais si tendrement ma mère... — Puis-je être consolée déjà?...

— Je comprends bien ce chagrin-là, Marguerite, et je le partage. Mais n'en avez-vous aucun autre?...

— Quel autre chagrin pourrais-je avoir?

— Je ne le sais pas puisque je vous le demande...

— Non, mon ami, je n'en ai aucun...

— Bien vrai...

— Oui, certes, bien vrai...

— Vous ne vous trouvez pas malheureuse?

— Comment serais-je malheureuse?... vous êtes si bon pour moi.

— Me trouvez-vous réellement bon, Marguerite?...

— Je ne m'explique point que vous en paraissiez douter...

— Je puis donc espérer qu'un jour vous reprendrez ce visage riant que j'aimais tant vous voir autrefois...

— Laissez le temps faire son œuvre, mon ami... — il verse du baume sur toutes les blessures... — Il me permettra, non point d'oublier ma mère, mais de me consoler de sa perte en songeant qu'elle est au ciel et qu'elle me bénit en me regardant... —

Un jour, n'en doutez pas, mes lèvres rapprendront à sourire...

— Dieu veuille que ce jour vienne bientôt! — murmura le commandant.

Puis il ajouta :

— Voulez-vous venir faire un tour de promenade hors de la ville?...

— Vous savez bien, mon ami, que tout ce que vous voulez, je le veux...

— Mais le désirez-vous?

— Sans doute.

— Eh bien, je vais m'habiller. — Apprêtez-vous...

Le commandant mit une longue redingote de coupe militaire à la place de sa veste de chambre; — un chapeau remplaça son bonnet de velours; — il prit ses gants de peau de daim et sa canne.

Marguerite s'enveloppa dans un châle noir et se coiffa d'un chapeau de crêpe.

Puis tous les deux sortirent ensemble.

La scène d'intérieur que nous venons de mettre sous les yeux de nos lecteurs se renouvelait à peu près chaque après-midi, avec de très légères variantes.

III

Le printemps arriva.

La vie de la jeune femme devint alors un peu moins triste... — Le jardin à cultiver, les fleurs à voir grandir et se développer, lui apportèrent quelques distractions et même quelques joies.

M. de Ferny lui fit faire en Suisse un voyage d'une quinzaine de jours. — La vue de cette grandiose et sublime nature ranima Marguerite et colora de légères teintes roses la sinistre pâleur de ses joues.

A Genève, sur le quai des Bergues, la jeune femme et son mari rencontrèrent un petit garçon tenant en laisse trois levrettes blanches qu'il offrait aux passants au prix de vingt francs chacune.

Marguerite supplia le commandant de lui acheter l'une de ces charmantes bêtes et, quoique un

II.   3

peu à contre-cœur, M. de Ferny céda à ce désir.

La levrette fut nommée *Gibby* et devint la fidèle amie, la compagne, la consolatrice de sa jeune maîtresse.

Les jours et les mois se suivirent et se ressemblèrent, et nul changement notable n'était survenu dans la situation du ménage de la rue de la Préfecture, à l'époque où, un soir de musique militaire sur la promenade publique de Vesoul, Gibby se prit d'une étroite affection pour l'étranger que nous connaissons sous le nom d'Henry Varner.

Au moment où Henry Varner venait de se décider à ne point prendre place dans la diligence qu'il attendait depuis la veille avec une impatience si grande en apparence et, après avoir donné l'ordre de lui envoyer le lendemain matin ses bagages à l'hôtel de la Madeleine, quittait le bureau des messageries Laffitte et Caillard, un employé — (nos lecteurs s'en souviennent-ils ?) — le regardait s'éloigner en se disant :

— Voilà un monsieur qui a très certainement la tête à l'envers :

Et nous avons cru devoir ajouter :

— Etait-ce la tête ou le cœur ?

Il est vraisemblable que la lettre suivante écrite par Henry Varner à l'un de ses amis, pourra répondre à cette question d'une façon très suffisamment péremptoire :

« Tu vas être bien surpris, cher ami, d'abord en recevant de mes nouvelles, chose à laquelle je ne t'ai guère habitué depuis mon départ, — et surtout en voyant de quel endroit je date ces lignes jetées à la hâte sur un papier d'auberge.

» Te voici convaincu, n'est-ce pas ? avant toute espèce d'informations, que je dois avoir une ou deux jambes cassées, pour le moins, et que c'est de mon lit que je t'écris...

» Rassure-toi, — je me porte à merveille, et ce n'est point un cas de force majeure qui me retient dans la petite ville où je me trouve en ce moment, à quatre-vingt-dix lieues de Paris.

» Tu te demandes pourquoi j'y reste...

» Un peu de patience, cher ami, — c'est précisément pour te l'apprendre que je t'écris.

» Comme tu le sais aussi bien que moi, j'ai quitté, il y a de cela un peu plus d'un an, Paris, où les soupers et les pécheresses commençaient à me paraître singulièrement monotones, et je suis parti pour un grand voyage d'exploration artistique.

» Mon itinéraire était tracé d'une façon assez vague.

» Je comptais cependant visiter l'Italie, — l'Algérie, — Constantinople et la Grèce.

J'ai rempli fort exactement les conditions du programme que je m'étais à peu près donné, et je débarquais au commencement du mois dernier à Marseille, sain de corps et d'esprit, mais un peu fatigué de mes longues excursions sur terre et sur mer.

» Pour me remettre de cette fatigue, je ne trouvai rien de mieux que d'aller passer une saison aux eaux de Plombières et, parfaitement satisfait du résultat de mes bains, je pris place, il y a quatre jours, dans un véhicule qui me déposa sur le pavé de Vesoul, d'où je comptais repartir le soir même ; ce qui, le surlendemain, m'aurait permis de te serrer la main.

» Tu sais le proverbe : *L'homme propose et Dieu dispose !...*

» Si ce proverbe dit vrai, tu vas voir que Dieu s'est donné le plaisir de disposer les choses d'une façon bien singulière.

» Le soir arrive, les diligences passent, chargement complet, pas une seule place, ni dedans, ni dessus.

» Je reste plus que jamais sur le pavé, — désappointé, — furieux, — jurant, — pestant, etc.

» La journée du lendemain s'écoule.

» Comme la veille, j'attends la diligence.

» Elle arrive.

» — Eh quoi ! — te dis-tu, encore complète ?

» Ah bien oui !... — elle était à moitié vide, au contraire... — le conducteur m'offrait une demi-douzaine de places pour moi seul... — y compris le coupé tout entier.

» J'en profitai pour ne point partir...

» Bref, je suis encore à Vesoul, et je ne sais pas quand j'en sortirai...

» Je t'entends, d'ici, t'écrier :

» — Pourquoi ?...

» Tout simplement parce qu'une levrette blanche a trouvé bon de me prendre en amitié et de me donner de nombreuses preuves de sa sympathie.

» Oui, mon ami, tu as bien lu... — Je dépends en ce moment d'une levrette blanche qui répond au nom de Gibby... (Te souvient-il de *Gibby la Cornemuse* à l'Opéra-Comique, et du souper que nous avons fait avec Mogardor et Rose Pompon le soir de la première représentation ?)

» Je te dois d'ailleurs une explication au sujet de l'influence prise sur moi par la petite bête en question, et je vais te la donner sur-le-champ.

» Gibby n'est point une chienne abandonnée.

» Gibby possède une maîtresse, et cette maîtresse est une ravissante femme de dix-neuf ans, mariée à un ex-commandant en retraite, plus vieux de quelques années que ce perroquet que nous connaissons, rue de le Chaussée-d'Antin et qui, provenant de l'héritage d'un bisaïeul, doit avoir, à l'heure qu'il est, tout au bas mot, cent quinze ou cent vingt ans ! !

» Comprends-tu maintenant pourquoi Gibby m'enchaîne à son char?...

» Moque-toi donc de moi tout à ton aise, ou plutôt plains-moi, car je suis amoureux et je ne sais pas du tout à quoi cet amour me conduira.

» Voici comment la chose est arrivée...

. . . .

*
* *

Ici la lettre d'Henry Varner entrait dans de longs et minutieux détails relatifs aux faits que nos lecteurs connaissent déjà.

Le jeune homme racontait sa première entrevue sur la promenade publique, après le concert militaire, avec le commandant et sa femme.

Il parlait ensuite de la fugitive apparition de Marguerite, entrevue le lendemain sur la terrasse de sa maison.

Puis, après avoir dit à loisir toutes ces choses et d'autres encore qu'il est inutile de reproduire, il continuait :

« Ceci posé, il est évident qu'un parti très sage et prudent s'offrait à moi...

» Il fallait étouffer dans sa coquille le germe de ce naissant amour, — prendre une des places que

m'offrait la complaisante diligence, — arriver à
Paris et oublier au plus vite, avec une demi-douzaine de femmes qu'on a, mais qu'on n'aime pas,
la femme que j'allais aimer et que je n'aurai peut-
être jamais.

» Voilà ce que tu aurais fait à ma place, voilà ce
que moi-même j'ai été au moment de faire...

» Mais je me suis dit :

» — A quoi bon ?

» Je me connais... — Je sais à merveille qu'une
fois parti l'image charmante de Marguerite se serait
gravée de plus en plus dans ma mémoire et dans
mon cœur, que cette rayonnante vision, évoquée
sans cesse et malgré moi, ne m'aurait pas laissé un
seul moment de repos, — enfin qu'au bout de
quelques jours je serais reparti comme un fou pour
revoir l'original de la demi-douzaine de portraits
crayonnées par moi sur le coin d'une table de café,
— ainsi que je te le disais tout à l'heure.

» Sachant cela, et convaincu de ma propre faiblesse, mieux valait cent fois rester.

» Au moins, de cette façon, je m'évitais la lassitude et l'ennui d'un double voyage en diligence.

» Ah ! si nous avions un chemin de fer !...

» Enfin, cela viendra peut-être plus tard...

» Je suis donc ici, — j'y suis cloué, et je te répète
ce que j'écrivais quelques lignes plus haut : — Je
ne sais pas quand j'en sortirai.

» Maintenant, tu veux savoir ce que j'attends et ce que j'espère, n'est-ce pas ?

» Ma réponse à cette question n'est ni des plus simples ni des plus faciles.

» Il est clair comme le jour, il est élémentaire que j'espère et que j'attends ce qu'attend et ce qu'espère tout individu du sexe masculin, amoureux d'une fille d'Eve en puissance de mari.

» Mais ai-je quelques chances de réussite ?

» Ceci, passe-moi l'expression, est une autre paire de manches.

» Tu souris !

» Il te paraît qu'un célibataire de mon âge, — assez bien fait de sa personne, comme on disait au bon vieux temps, — rompu par une longue pratique aux divers expédients des intrigues amoureuses, et suffisamment riche pour pouvoir se servir en toute occasion de la clef d'or, — il te paraît, dis-je, que le célibataire en question ne doit point éprouver de bien sérieuses difficultés à vaincre la vertu d'une provinciale de dix-huit ans, mariée à un débris fossile des ex-braves du premier Empire.

» Il est possible qu'en pensant cela tu sois dans le vrai, — et je n'ai pas besoin d'ajouter que je le souhaite de tout mon cœur, et cependant, je ne sais pourquoi, je suis fort loin d'être convaincu de la justesse des raisonnements que je te prête.

» Si tu connaissais ma petite comtesse, — (son

ex-brave est un comte de la plus vieille roche), — si tu savais quelle expression de candeur et de chasteté offrent ses traits charmants, tu comprendrais que dans ce corps de nymphe qu'on croirait sculpté par Benvenuto Cellini ou par Jean Goujon doit se cacher une âme vraiment pure.

» Or, — tu ne l'ignores pas. — rien n'est plus difficile à séduire qu'une femme réellement honnête.

» Donnons-nous, vis-à-vis du bon public qui nous regarde avec un ébahissement naïf, donnons-nous des airs de Dons Juans irrésistibles, — prenons des poses de Lovelaces, vainqueurs de toutes les Clarisses, rien de mieux!... — mais, entre nous, il faut bien en convenir, mon excellent ami, nous sommes de grands enfonceurs de portes ouvertes, — de terribles conquérants de places fortes démantelées qui battent la chamade au moment du premier assaut, et quelquefois même un peu auparavant!!...

» J'imagine en outre que mon vieux grognard doit garder de près sa jeune femme, avec autant de vigilante sollicitude qu'en met un avare à veiller sur son trésor.

» Une seule chose paraît m'offrir quelque chance pour l'heureuse issue de la scabreuse aventure dans laquelle je vais m'engager.

» Il est impossible, absolument impossible, que Marguerite aime son vieux mari!...

» Ne pouvant donner son cœur à ce légitime pro-

3.

priétaire de son adorable personne, il faudra bien qu'un peu plus tôt ou un peu plus tard la chère enfant le donne à un autre...

» Pourquoi ne serais-je pas cet autre?

» Qui que tu sois, voilà ton maître!...
» Il l'est, le fut, ou le doit être!!...

écrivait le roi Voltaire au bas d'une statue du dieu Amour.

» Jamais plus grande vérité n'est sortie, sous forme de distique, d'une cervelle de poète!...

» Cupidon, fils de Vénus, règnera quelque jour en tyran sur la douce et pure Marguerite. — Je tâcherai que ce jour arrive bientôt et que l'enfant mythologique, dont Boucher fut le peintre ordinaire, me choisisse pour son grand prêtre!...

» Que de divagations! n'est-ce pas?

» Que veux-tu, mon ami, je n'ai personne à qui parler de ma bien-aimée. — Je t'élève, à distance, à la dignité de confident. — Ne me sache, je te prie, aucun gré de ma confiance... ce que j'en fais n'étant que pour ma satisfaction personnelle.

» D'ailleurs, si ma lettre t'ennuie, rien ne te force à la lire jusqu'au bout... — Profite, si tu veux, de la permission que je te donne de n'en pas déchiffrer une ligne de plus.

» Je poursuis.

» En ce moment la chose essentielle, la chose indispensable pour moi, c'est de trouver un moyen
adroit de me mettre en rapport avec le commandant,
de flatter ses manies, — de me rendre indispensable,
— d'agir enfin de telle sorte que le berger lui-même
introduise le loup dans la bergerie.

» En d'autres termes, il faut que le mari de Marguerite m'ouvre sa maison...

» Mais comment arriver à ce résultat?

» Je te dirai dans ma prochaine épître si j'ai
trouvé quelque spirituel expédient.

» Si tu juges convenable de me répondre, — ne
fût-ce que pour m'accuser réception de tout le
fatras que je t'expédie aujourd'hui, — adresse-moi
ta lettre *à l'hôtel de la Madeleine*, à Vesoul.

» Je ne sais si je puis te dire : — A bientôt ! —
car je n'ai plus guère mon libre arbitre, et j'ignore
quand je rentrerai physiquement et moralement en
possession de moi-même.

» Enfin, de loin ou de près, je te serre la main des
deux mains.

» Ton ami,

» Henry VARNER. »

« *Post-scriptum*. — Je rouvre ma lettre pour te
prier de me rendre un service.

» L'aspect de la terrasse de la maison du commandant me fait supposer que Marguerite a le goût des fleurs.

» A tout hasard, expédie-moi par la malle-poste une collection des graines les plus rares que tu pourras trouver, soigneusement étiquetées, et provenant autant que possible de Turquie, de Grèce ou d'Egypte, puisque c'est de là que je viens moimême.

» Merci d'avance, et à toi,

» H. V. »

IV

Quatre jours après avoir écrit la longue et folle épître que nous venons de reproduire, le jeune voyageur mettait à la poste une seconde lettre, adressée comme la première à son ami.

Voici ce qu'elle contenait :

« Décidément, très cher, le hasard semble se déclarer en ma faveur, — il est juste d'ajouter, sans fausse modestie, que je lui viens en aide avec une adresse digne d'éloges.

» J'offrirais volontiers de parier qu'avant huit jours je serai dans les termes de la plus douce intimité avec mon héros de la grande armée.

» Ecoute et juge.

» Je vais te raconter les faits sans les accompagner du moindre commentaire.

» Quelques renseignements, pris avec une sournoise habileté, m'ont appris que le commandant aimait passionnément trois choses :

» Sa femme...

» La pêche à la ligne...

» Les échecs...

» Sur ce triple sujet nous pourrons nous entendre.

» D'abord, moi aussi j'aime sa femme, et mon désir le plus vif est de la partager avec lui...

» Ensuite, comme pêcheur à la ligne, j'ai fait mes preuves il y a quelques années, en ta compagnie ; —les carpillons et les perches de Bougival et de Chatou pourraient en dire quelque chose !... — Quelles triomphantes fritures de notre récolte nous avons dégustées chez la mère Durocher, près de la machine de Marly !... — T'en souviens-tu ?...

» Enfin, je passe pour être d'une assez moyenne force aux échecs... — J'ai joué avec Méry, et j'ai été honorablement vaincu... — C'est tout dire !...

» Grâce à de nouvelles informations très précises je sus que le commandant chaque matin, dès cinq heures et demie, quand le temps était beau, sortait de chez lui, sa ligne démontée à la main, — coupait la ville en diagonale, — traversait la promenade publique, — s'engageait dans les prairies, — allait s'asseoir sous un des saules qui bordent une petite rivière coulant sans bruit au milieu des joncs qui croissent sur ses bords, et là, jusqu'à neuf heures et demie, heure à laquelle il se mettait en devoir de regagner la ville où l'attendait son déjeuner, se livrait, avec une constance digne d'un meilleur sort, aux douceurs d'une pêche généralement infructueuse.

» Mon plan fut fait à l'instant même.

» Il était d'une simplicité toute primitive. — En règle générale, ce sont les plans les plus simples qui sont les meilleurs.

» Je défis mes bagages.

» Parmi les nombreux albums contenant les croquis et les aquarelles qui résument mes impressions et mes souvenirs d'artiste voyageur, j'en choisis un dont quelques pages étaient encore blanches.

» Je taillai mes crayons, — je me munis de mon pliant portatif et, m'étant fait éveiller dès le point du jour par un des garçons de l'hôtel, je me dirigeai vers les prairies dont j'affrontai bravement l'herbe toute ruisselante de rosée.

» Je n'eus pas grand'peine à reconnaître le saule favori du commandant, — un vieil arbre aux branchages touffus sur un tronc bizarrement contourné qui ne vit plus que par son écorce.

» Je découvris dans les environs un point de vue assez joli et qui pouvait fournir le sujet d'une croquade intéressante ; — j'installai mon pliant à vingt pas du saule ; — je m'assis, et je commençai mon dessin, mais en ayant soin d'aller très doucement en besogne, et regardant sans cesse du côté de la ville pour voir arriver le commandant.

» A six heures précises je l'aperçus qui débouchait de la promenade, avec une ponctualité essentiellement militaire.

» A partir de ce moment, et tout en ayant l'air de ne pas m'occuper de lui, je ne le perdis point de vue.

» Non sans peine je trouvai moyen de conserver mon sérieux à l'aspect des symptômes manifestes d'inquiétude et de contrariété qui se peignirent sur son visage et dans son attitude en voyant de loin qu'un étranger avait fait élection de domicile au bord de la rivière, tout près de sa place attitrée.

» Sans doute il ne se rendait pas bien compte de mon occupation, et il croyait découvrir en moi un rival venant lui faire concurrence sur le théâtre habituel, sinon de son triomphe au moins de sa constance...

» A mesure qu'il s'approchait et qu'il pouvait s'assurer que ma main armée d'un crayon ne tenait aucune espèce d'engin de destruction, son visage se rasérénait.

» Enfin il arriva au pied du saule et, tout en emboîtant les uns dans les autres les différents tubes de bambou qui, rassemblés, formaient la perche de sa ligne, il fut pris d'une quinte de toux assez forte.

» Je me retournai au bruit, comme si je m'apercevais seulement à cette minute de la présence d'un nouveau venu, et je saluai.

» A la façon dont le commandant me rendit mon salut il était évident qu'il ne me reconnaissait pas.

» En effet il ne m'avait vu qu'un instant, le soir, dans la demi-obscurité du crépuscule qu'augmentait encore le feuillage épais des arbres de la promenade.

» Il tira de sa poche une petite boîte d'étain qui contenait des vers et des mouches, et il amorça avec un soin méticuleux ses trois hameçons ; puis il jeta le fil de sa ligne dans l'eau pure et bleue et, après avoir étalé son mouchoir de poche sur le gazon, afin de se préserver de l'humidité matinale, il s'assit et passa quelques minutes dans l'immobilité la plus complète.

» Mais je voyais bien que son attention se partageait entre moi et le liège flottant.

» Enfin, au bout d'un instant, poussé par la curiosité naturelle aux bourgeois, — (car ce gentilhomme est le plus bourgeois, sans contredit, de tous les bourgeois de province), — il se leva, se dirigea à petits pas de mon côté, et entama la piquante conversation que je vais sténographier fidèlement.

» — Monsieur, — dit-il, — prend un point de vue ?

» Naturellement je répondis :

» — Oui, monsieur.

» — Monsieur trouve que les environs de notre ville valent la peine d'être reproduits par le dessin ?...

» — Sans contredit, monsieur, car ils sont charmants.

» — Ils passent en effet généralement pour assez beaux... — Monsieur est artiste, sans doute ?...

» — Artiste amateur, oui, monsieur...

» — Pourrais-je sans indiscrétion jeter un coup d'œil sur le travail de monsieur ?...

» — Mais comment donc !... Regardez, monsieur, regardez tant qu'il vous plaira.

» Il se pencha sur mon album, — examinant tour à tour mon croquis à peine esquissé et le paysage que j'étais en train de copier.

» — Ah ! — dit-il ensuite, en reproduisant sans le savoir non seulement la phrase mais encore l'intonation de M. Prudhomme, — ah ! parfait !... parfait !... parfait !... — C'est d'une ressemblance qui mérite les plus grands éloges !...

» — Je réclame votre indulgence, monsieur, ce dessin est à peine indiqué...

» — Indiqué, tant qu'il vous plaira, monsieur... — tel qu'il est, je l'apprécie... — Je reconnais ce que je vois, monsieur, et selon moi c'est suffisant pour le mérite d'une œuvre d'art... — Voilà bien nos collines... — elles y sont toutes!... voilà bien la gorge au fond de laquelle se trouve le village d'Echenoz-la-Méline. — Voilà le mont Ithaque... il est frappant!... C'est admirable.

» J'interrompis le commandant pour lui demander avec un peu de surprise :

» — Comment avez-vous dit, monsieur?... — j'ai entendu *le mont Ithaque*... Ne me suis-je pas trompé?...

» — En aucune façon... le voilà...

» Et le vieillard me désignait une des croupes rocheuses et verdoyantes qui fermaient l'horizon devant moi.

» Puis il ajouta :

» — Cette montagne se recommande à l'attention de l'antiquaire et de l'amateur d'archéologie par les ruines bien conservées d'un camp romain qui couronnent son plateau supérieur.

» — Ah! par exemple, — m'écriai-je en feuilletant rapidement mon album, — voilà qui est curieux!

» — Le camp romain?...

» — Ce n'est pas du camp romain que je parle.

» — Et de quoi donc?

» — Du hasard qui m'aura permis de retracer, à quelques mois d'intervalle, l'île antique et célèbre et la colline franc-comtoise inconnue qui portent le même nom...

» En même temps je mettais sous les yeux du commandant un dessin que j'avais fait, à bord du steamer *l'Alcyon*, des côtes blanches de l'île endormie comme une mouette sur les flots bleus de la mer Ionienne.

» — Ah! que c'est joli! — dit le vieux soldat avec une conviction flatteuse pour moi.

» Puis il demanda :

» — Qu'est-ce que c'est que ça?

» — Ça, monsieur, c'est une vue d'Ithaque, — la patrie du sage Ulysse, lequel fut, comme vous le savez, le mari de la vertueuse Pénélope et le père de l'ennuyeux Télémaque...

» — Oui... oui... je sais tout cela... — Ulysse, parbleu!... et ses compagnons changés en sirènes... — Pénélope qui faisait faire de la tapisserie à ses amoureux... — Télémaque dont Massillon, archevêque de Meaux, a écrit l'histoire...

» Je ne bronchai pas en écoutant le commandant faire un si fastueux étalage de ce qu'il croyait fermement savoir, et je me contentai d'incliner la tête de haut en bas à plusieurs reprises, en signe d'adhésion.

» Le commandant reprit :

» — Ah çà! monsieur, vous êtes donc allé dans les mers de la Grèce?

» — J'en arrive.

» — Pour votre plaisir?

» — Oui, monsieur.

» — Beau voyage !...

» — Superbe... — J'ai profité de ce que j'étais en route pour visiter aussi la Turquie d'Europe et l'Algérie...

» — L'Algérie, monsieur, je la connais... Admirable pays !... admirable ! sauf les Arabes qui sont fatigants... — Et dites-moi, — je vous prie, — est-ce que vous avez rapporté des vues d'Algérie ?...

» — En assez grand nombre.

» — J'avoue que je serais infiniment curieux de les voir...

» — Rien de plus facile.

» — Vous les avez-là ?

» — Non, mais si vous voulez bien prendre la peine de passer dans l'après-midi, à mon hôtel, — l'hôtel de la Madeleine, — et de demander Henry Varner, je serai très heureux de mettre mes albums à votre disposition...

» — Merci, monsieur, merci de tout mon cœur, — vous êtes un homme charmant... — Touchez là !... j'accepte... — A deux heures je serai chez vous... si toutefois cette heure vous convient...

» — Elle me convient à merveille et j'aurai l'honneur de vous attendre...

» Eh bien, mon cher ami, qu'en dis-tu ?

» Avais-je raison de m'écrier, dans les premières

lignes de cette lettre, que le hasard se déclarait en
ma faveur ! !...

» A peine avais-je commencé à mettre mon plan
à exécution, — et déjà le mari de Marguerite allait
venir chez moi !...

» Conviens-en, c'est miraculeux !...

» Je ne voulais pas laisser mourir, faute d'aliments, une conversation si bien commencée ; — je
repris en souriant :

» — Serez-vous assez bon, monsieur, pour me
donner des nouvelles d'une personne qui m'intéresse beaucoup ?...

» — Une personne de cette ville ?

» — Oui.

» — Qui donc ?

» — Mademoiselle Gibby...

» Le commandant fit un geste de surprise.

» — Comment, — s'écria-t-il, — vous connaissez Gibby ?...

» — Je crois bien que je la connais !... C'est mon
amie intime !...

» — Bah !...

» — C'est comme j'ai l'honneur de vous le dire.

» Le vieil officier m'examina avec attention.

» — Ah çà ! mais, — dit-il, — est-ce que ce serait vous, par hasard, qui, l'autre soir, sur la
promenade ?...

» — Précisément. — C'est moi qui ai eu le plaisir de vous restituer la récalcitrante levrette qui me témoignait tant de sympathie.

» — Fort bien... fort bien !... — aussi je me disais : — Mais j'ai déjà rencontré ce monsieur !... Vous voyez que je ne me trompais pas... — Eh bien ! monsieur, Gibby se porte le mieux du monde.

» — J'en suis ravi ! c'est une gracieuse petite bête, et qui doit faire la joie de mademoiselle votre fille...

» Le commandant se rengorgea d'un air conquérant.

» — La personne qui m'accompagnait l'autre jour, — dit-il, — et que vous avez prise pour ma fille, est ma femme, monsieur... Mais l'erreur se comprend sans peine, car Marguerite est beaucoup plus jeune que moi...

» A ceci il n'y avait rien à répondre, et je ne répondis rien.

V

» Le commandant reprit :

» — Elle s'est occupée aussi de dessin, ma femme, avant son mariage, et véritablement elle faisait de jolies choses, quoiqu'elle ne fût pas de votre force... — Dans ce moment elle a renoncé aux beaux-arts, je ne sais pas pourquoi... — Elle ne songe exactement qu'à ses fleurs; — elle est possédée, pour ce qui touche à l'horticulture, d'une passion qui dépasse tout ce qu'on en pourrait dire!...

» Ai-je été bien inspiré, crois-tu? en t'écrivant de m'envoyer une pacotille de graines rares ! — Si mes calculs sont exacts et si, comme je n'en doute pas, tu t'es occupé sans retard de ma commission, je dois recevoir ce soir ou demain le précieux paquet.

» Et qui sait si ces graines-là ne rapporteront pas pour moi bien des fleurs... de celles avec lesquelles Vénus faisait jadis, à Cythère, ses guirlandes ?...

» — Monsieur, — me demanda le commandant, — êtes-vous pour quelque temps dans notre ville ?...

» — Voilà une question qui m'embarrasse fort, car je ne puis guère y répondre... J'ai l'intention d'explorer avec soin les environs, et je resterai dans ce pays tant que j'y trouverai des sites pittoresques à reproduire.

» — Alors, monsieur, vous ne partirez pas de sitôt, car nous sommes riches en points de vue de toute nature...

» — Tant mieux, — la ville me plaît, et je ne suis nullement pressé de rentrer à Paris.

» — Voilà qui est admirable pour un jeune homme !...

» — Je ne vois pas trop en quoi.

» — Songez donc qu'ici les distractions vous manqueront d'une manière absolue...

» — Quand je serai fatigué du travail, n'aurai-je pas la ressource de la pêche à la ligne ?...

» Le commandant tressaillit.

» Mes dernières paroles, — que, certes, je n'avais point jetées au hasard, — venaient de toucher la corde sensible.

II.   4

» — Vous aimez la pêche à la ligne !... — s'écria-t-il.

» — Passionnément.

» — Êtes-vous habile ?...

» — Je suis du moins expérimenté. — J'ai pêché dans une demi-douzaine de mers différentes et dans un nombre infini de lacs, de fleuves et de rivières, sans compter les étangs. — J'ajouterai que j'ai reçu des leçons des pêcheurs les plus célèbres de notre époque...

» — Ah ! jeune homme... jeune homme, — dit le commandant avec expansion, — nous pêcherons ensemble !...

» — Ce sera pour moi un très vif plaisir.

» — La pêche à la ligne peut, selon moi, remplacer toutes les autres joies de ce monde... — continua mon interlocuteur.

» — Hors une seule cependant, monsieur.

» — Laquelle ?

» — Le jeu d'échecs...

» Le vieillard me regarda avec un étonnement attendri qui tenait de la stupeur.

» — Vous jouez aux échecs ?... — demanda-t-il d'une voix que l'émotion faisait trembler.

» — Le plus souvent que je puis... — C'est mon goût dominant, ou pour mieux dire c'est mon unique passion... — Quand je me trouve à Paris, je ne quitte guère le café de la Régence... — Pendant mes voyages, le manque de partenaire apte à ce noble jeu est pour moi une privation des plus cuisantes, et c'est tout au plus si je trouve moyen de m'en distraire en me consacrant corps et âme à la pêche à la ligne...

» Je vis bien que le commandant mourait d'envie de me serrer dans ses bras, et de même qu'il m'avait dit : — Nous pêcherons ensemble !... de s'écrier : — Nous jouerons ensemble !...

» Mais il se contint.

» Sans doute la pensée que pour jouer aux échecs avec moi il lui faudrait m'inviter à venir chez lui l'arrêta.

» Il ne me connaissait pas assez pour m'ouvrir sa maison.

» L'idée qu'en encourageant ma visite il opérerait un rapprochement entre un jeune homme et sa jeune femme, lui traversa-t-elle l'esprit ?

» Je ne le crois pas.

» L'indifférence plus que parfaite avec laquelle j'avais parlé de *mademoiselle sa fille* devait éloigner tout soupçon jaloux.

» D'ailleurs, le moyen de se défier d'un homme qui n'existe que pour le dessin à la mine de plomb, la pêche à la ligne et le grand jeu, ou plutôt le grand art des Philidor et des la Bourdonnaye ?...

» Le commandant et moi nous échangeâmes encore un certain nombre de paroles insignifiantes, puis il me quitta pour aller se rasseoir et surveiller sa ligne.

» Pendant trois heures consécutives il resta l'œil fixé sur le flotteur qui s'obstinait à demeurer dans une immobilité à peu près complète.

» Lorsque le vieillard, à neuf heures et demie, se leva pour regagner comme de coutume son logis et son déjeuner, il avait capturé trois ablettes et une perche grosse comme un goujon !...

» Enchanté du résultat de sa pêche, il me dit au revoir, en me rappelant qu'à deux heures précises il serait chez moi.

» Aussitôt que le commandant eut disparu sous les arbres de la promenade je quittai ma place, fatigué outre mesure d'une trop longue séance, et emportant mon dessin à peu près terminé, — un très joli dessin, je t'assure, et tu peux m'en croire sur parole.

. . . .

» J'interromps ma lettre pour te dire que les graines de fleurs expédiées par toi viennent de m'arriver à bon port, ainsi que la brochure explicative dont, avec ton bon sens et ta sagacité habituels, tu as jugé fort à propos qu'il était utile de les faire accompagner.

» Merci, cher ami.

» Il faut maintenant que tu me rendes un nouveau service du même genre, mais pour lequel, cependant, tu n'auras pas besoin de te déranger en personne.

» Aie l'obligeance, — aussitôt après avoir reçu ma lettre, — d'envoyer ton domestique sur le quai du Pont-Neuf, chez l'un des marchands d'outils de pêche qui abondent dans ces parages, et charge-le d'acheter pour moi un assortiment bien complet de lignes des meilleurs modèles, — d'hameçons grands et petits, de formes anciennes et nouvelles, — d'appâts de diverses sortes, — de mouches métalliques, — de mouches en plume, — et cætera...

» Fais-lui faire un paquet de tout cela et qu'il me l'expédie par la malle-poste, comme les graines.

» Tu conviendras, n'est-ce pas? que je ne néglige rien, et que si le feu de mes batteries n'amène aucun résultat, ce ne sera pas du moins faute d'avoir bien chargé mes pièces.

» Je reprends.

» A l'heure convenue, un garçon d'hôtel alsacien frappait à ma porte pour me demander si je pouvais recevoir M. le *gommantant gonde te Verny*?

» As-tu compris que ce baragouin voulait dire le commandant comte de Ferny?

» Si tu l'avais deviné, tant mieux pour ta perspicacité. — Si tu n'y avais vu que du feu... ou plutôt que de l'allemand, je te donne le mot de l'énigme.

» Je répondis en allant moi-même sur l'escalier

4.

au-devant de mon visiteur, que je reçus de mon mieux.

» J'avais déposé sur la table ronde de ma chambre tous mes albums.

» Avant de nous lancer dans l'examen de mes innombrables croquis, je demandai :

» — Fumez-vous, commandant ?

» — Comme un vieux soldat, c'est tout dire.

» — Voulez-vous me permettre de vous offrir un cigare ?

» — Volontiers, mais à une condition...

» — Laquelle ?...

» — C'est que vous accepterez tout à l'heure un bol de punch, au café des officiers ?

» — Avec le plus grand plaisir.

» Et je présentai au commandant une boîte pleine de cigares véritablement inouïs, que j'ai rapportés de Constantinople.

» — Mordieu ! — s'écria-t-il après en avoir choisi et allumé un, — quel tabac !

» — Vous le trouvez bon ?

» — Divin ! — Moi, d'habitude, je fume la pipe, — du moins quand je suis chez moi, — et, dans la rue, de petits cigares d'un sou qui ne sont pas mauvais, mais qui n'ont point de rapport avec cela... — Les cigares que voici doivent coûter les yeux de la tête...

» — Quinze centimes, pas davantage...

» Je mentais avec un aplomb superbe. — Tu comprendras bientôt pourquoi.

» — Quinze centimes ! — répéta le commandant, — c'est pour rien?... — Ici les cigares de trois sous ne valent pas le diable !...

» — Parce qu'on ne sait point les choisir... — Mais j'y pense, un de mes amis doit m'envoyer ces jours-ci, de Paris, trois ou quatre caisses pareilles à celle-ci, en voulez-vous une ?...

» — A ce prix-là?

» — Naturellement.

» — Ça ne vous fera pas faute, au moins ?

» — En aucune façon.

» — Ma foi, mon cher monsieur, vous êtes trop obligeant pour que je puisse refuser votre offre gracieuse... — J'accepte.

» Prends note de ceci, mon bon ami : — en même temps que les engins de pêche, tu m'enverras quatre ou cinq caisses de cigares de la Havane, *regalias* ou *imperiales*, — les plus chers, et par conséquent les meilleurs que tu pourras trouver. — Ce sont ceux-là que le commandant me remboursera sur le pied de quinze centimes la pièce !...

» N'est-il pas vrai que si je ne viens point à bout de me faire l'ami de la maison, c'est que je n'aurai pas de bonheur?

» — Et maintenant, — dit le commandant d'un

air gai, motivé sans doute par la perspective de sa caisse de cigares à trois sous, — allons faire un petit tour en Algérie...

» Je l'engageai à s'asseoir devant la table ronde, et j'ouvris sous ses yeux celui de mes albums qui renfermait mes études africaines.

» L'ex-officier les regarda avec un intérêt prodigieux. — Il se trouvait là en pays de connaissance, et la plupart des sites retracés par mes crayons lui rappelaient un souvenir.

» Il y avait fait partie, en qualité de capitaine, d'un régiment de cuirassiers de l'armée du roi Charles X qui, en 1830, planta glorieusement, sur les murs croulants d'Alger, le drapeau blanc aux fleurs de lis d'or.

» Il me raconta à sa manière plusieurs épisodes du siège et de la prise de la ville, — et de nombreux faits d'armes desquels il pouvait dire avec un héros de l'antiquité dont le nom m'échappe :

» *Et quorum pars magna fui!*...

» Ce vieillard ne met aucune forfanterie dans le récit de certaines actions courageuses jusqu'à l'héroïsme ; — il a l'air de les considérer comme la chose du monde la plus naturelle.

» Décidément, je commence à partager l'opinion du marchand de tabac de la Grand'Rue, et à me dire que le digne commandant n'a pas eu de chance dans sa carrière militaire.

» Je le plains avec sincérité, et cependant l'homme est un si étrange animal que je souhaite de toute mon âme devenir la première et l'unique cause de sa mauvaise chance dans sa carrière maritale!...

VI

» L'examen de mes croquis et les narrations de mon visiteur durèrent longtemps.

» Quand les albums furent refermés et l'arsenal des souvenirs épuisé, il était plus de quatre heures.

» — Il est trop tard pour aller prendre maintenant notre bol de punch, dit le commandant; — si vous le voulez bien nous remettrons la chose à ce soir...

» — Je suis absolument à vos ordres...

» — Vous dînez à table d'hôte, j'imagine?

» — Oui, commandant.

» — A sept heures vous aurez fini... — à sept heures et demie je viendrai vous prendre... — Le café des officiers est à deux pas... — ça vous va-t-il?

» — Tout à fait.

» — Alors c'est convenu.

» Et il s'en alla.

» A huit heures du soir nous étions installés, en face l'un de l'autre, de chaque côté d'une petite table à dessus de marbre, et un grand bol de plaqué, rempli de rhum incandescent, élevait entre nous sa flamme bleuâtre et pétillante.

» Le commandant venait de puiser dans mon porte-cigares et il fumait avec recueillement.

» Nous dégustâmes quelques verres de punch.

» Tout à coup le vieil officier se frappa le front comme si une idée subite venait de l'assaillir.

» — Ah çà! mais, — dit-il, — si nous faisions une partie d'échecs?

» — Vous jouez donc aux échecs? — m'écriai-je avec un feint étonnement.

» — Oui... oui... quelquefois... — Est-ce que je ne vous l'ai pas dit ce matin?

» — Vous ne m'en avez pas ouvert la bouche...

» — Pure distraction!... — Enfin, ma proposition vous sourit-elle?

» — Mais je le crois bien, qu'elle me sourit!!... Rien au monde me saurait me causer une joie aussi vive!...

» Le vieillard, — dont un rayon d'allégresse illumina le rude visage, — frappa sur la table en disant:

» — Garçon!...

» — Commandant !

» — Un échiquier, et dépêchez-vous !

» — Voilà, commandant.

» L'échiquier prit la place du bol argenté, et la partie commença.

» Tu es un profane, mon ami ; — tout au plus sais-tu distinguer une dame d'un fou et une tour d'un cavalier ; — je te ferai donc grâce des termes techniques et du détail des péripéties de notre première partie, vaillamment disputée de part et d'autre, et en définitive perdue par moi, quoique je sois ou peut-être parce que je suis beaucoup plus fort que mon adversaire.

» Le commandant souriait, radieux, rejeuni de dix ans, se frottait les mains et hennissait de plaisir.

» — Votre revanche, — dit-il, — je vous offre votre revanche.

» — J'allais vous la demander, commandant.

» La seconde partie fut menée par moi avec une habileté plus grande encore que celle que j'avais déployée pour la première.

» J'eus le talent de balancer les avantages jusqu'au moment décisif, où grâce à un coup d'une hardiesse et d'un éclat sans pareils, la victoire se fixa de mon côté.

» — Bien joué, mordieu !... — s'écria l'ex-officier, — nous voici manche à manche... faisons la belle.

» — J'y suis tout à fait disposé.

» Je n'ai pas besoin de te dire que je m'arrangeai de façon à laisser à mon adversaire l'honneur de la victoire suprême après une lutte acharnée en apparence.

» — Vous êtes d'une bien jolie force, mon cher monsieur, — me dit bénévolement le commandant pour me consoler de ma défaite, — je vous prédis que vous irez loin.

» Je répondis, avec la platitude d'un courtisan de l'Œil-de-Bœuf parlant à S. M. Louis XIV dans les jardins naissants de Versailles :

» — Je le crois comme vous, commandant, si je reçois souvent d'aussi excellentes leçons que celles que vous venez de me donner.

» — Mordieu! mon jeune ami, elles sont tout à votre disposition.

» — J'en profiterai, croyez-le bien.

» — Quand vous voudrez, et le plus tôt sera le mieux.

» Il était onze heures et demie du soir. Le café allait fermer.

» — Irez-vous achever demain matin votre dessin du mont Ithaque? — me demanda l'ex-officier.

» — C'est mon projet.

» — Alors, nous nous verrons là, et nous causerons. — Je vous souhaite le bonsoir, mon jeune ami, et je vous renouvelle mes compliments pour

le coup vraiment merveilleux par lequel vous avez
terminé la deuxième partie!

» — Je les accepte avec reconnaissance... Bonsoir, commandant.

» Nous échangeâmes une poignée de main, et le
bonhomme regagna son logis en se disant certainement qu'il venait de passer une des meilleures
soirées dont il eût conservé le souvenir.

» Moi j'allai me mettre au lit, où je fus visité
pendant toute la nuit par des rêves du meilleur
augure.

» Le lendemain matin nous nous retrouvâmes
auprès du saule creux, le vieillard et moi.

» — Vous m'avez parlé de votre expérience en
matière de pêche, — me dit-il, — ne m'en donne-
riez-vous pas volontiers quelques preuves?

» — Je vais recevoir de Paris, au premier jour,
des appâts d'un nouveau genre que j'aurai le plaisir
de vous soumettre, — répondis-je. — En attendant,
confiez-moi votre ligne, — je vais faire de mon
mieux.

» Je saisis la hampe de bambou, et évoquant les
souvenirs de Port-Marly et de l'île Saint-Denis, je
communiquai aux hameçons ce mouvement léger
qui fait si bien croire à ces imbéciles de poissons
que la mouche ou le ver sont vivants et vont leur
échapper s'ils ne se précipitent pour les engloutir
voracement.

» Au bout de trois minutes de ce manège le flotteur disparut, entraîné sous l'eau par une violente secousse.

» Je tirai doucement la ligne à moi, et j'amenai sur le gazon une perche de grande dimension, pesant bien près de deux livres et qui réalisait pour le commandant l'idéal de la pêche miraculeuse.

» — Prodigieux !... — murmura-t-il, — prodigieux !

» Soit hasard, soit habileté réelle, je venais d'obtenir en un instant un succès vainement poursuivi par le vieillard depuis des années.

» — Mon jeune ami, — s'écria-t-il avec enthousiasme, — je vous rends les armes ! — vous êtes mon maître ! — Troc pour troc... faisons un marché... — je vous donnerai des leçons d'échecs, — vous me donnerez des leçons de pêche.

» — Marché conclu, — répliquai-je en frappant dans la main que me tendait le commandant qui reprit sa ligne, tandis que je retournais à mon dessin.

» Ma première leçon ne sembla pas devoir l'aider à obtenir de grands résultats.

» Pendant plus d'une heure il agita ses hameçons ainsi qu'il me l'avait vu faire, sans attraper seulement une épinoche.

» Lassé de cet insuccès, il quitta sa place et vint me regarder travailler.

» J'allais donner à mon croquis le dernier coup de crayon.

» — Ah! joli... joli... — dit-il, — voilà de la besogne bien faite!... — Vos montagnes sont si ressemblantes qu'on dirait qu'elles vont parler!... Mon jeune ami, vous avez tous les talents.

» — Commandant, vous me flattez!...

» — Ma foi non!... je dis ce que je pense... Vous êtes un charmant garçon et un homme de mérite... — Dites-moi donc, est-ce que vous savez non seulement dessiner, mais encore peindre avec des couleurs?

» — Un peu.

» — Avec des couleurs à l'huile?

» — Oui.

» — Est-ce que vous en avez ici?

» — Sans doute, dans une boîte de voyage... — Pourquoi me faites-vous cette question, mon cher commandant?

» Ici j'ouvre une parenthèse pour te dire : — Remarques-tu les progrès rapides de notre intimité?... — Déjà j'étais *le jeune ami* du mari de Marguerite, et il était *mon cher commandant!*...

» L'étincelle électrique ne va pas plus vite...

» Au bout d'un instant, mon interlocuteur répondit :

» — Je vous fais cette question parce que, si j'osais, je vous demanderais un service...

» — Un service?...

» — Oui.

» — Parlez...—Je serai, croyez-le bien, très heureux de vous le rendre...

» — Non, décidément, ça serait trop indiscret de ma part...

» — Je vous en prie?

» — N'insistez pas!...

» — Je vous en supplie, mon cher commandant...

» — Alors, c'est bien parce que vous le voulez, mon jeune ami... Voici de quoi il s'agit... — Figurez-vous que j'ai chez moi toute une collection de portraits en pied de mes aïeux de l'ancien temps... — Ah! il faut vous dire que ma famille est une très vieille famille...

» — Je le sais, commandant, — une famille ancienne comme la province elle-même, — une famille illustre et qui tient sa place dans l'histoire aux pages les plus glorieuses.

» — Vous êtes trop bon...

» — Je connais les chroniques de mon pays, voilà tout.

» Le vieillard reprit :

» — Il est arrivé, je ne sais quand et je ne sais comment, un notable accident à l'un de ces portraits, — celui de Jean-Nicolas-Robert, comte de Ferny, grand-père de mon trisaïeul, — un frottement contre la toile a détruit complètement le nez du portrait...

» — Fâcheux accident !

» — Déplorable ! — Vous comprenez que je me suis vu contraint de reléguer au grenier un ancêtre ainsi défiguré, et cependant Jean-Nicolas-Robert manque à ma collection et laisse une place vide dans un des panneaux de ma salle à manger.

» — Et vous voudriez, n'est-ce pas, mon cher commandant, que mes pinceaux remissent en bon état le nez de votre ancêtre ?...

» — Précisément... — si toutefois ce n'était pas abuser outre mesure de votre complaisance...

» — En aucune façon... — rien n'est plus facile et je me charge de l'opération. — Quand désirez-vous qu'elle ait lieu ?

» — Aussitôt que vous le pourrez...

» — Je le peux tout de suite...

» — Eh bien, aujourd'hui...

» — Va pour aujourd'hui.

» — Je rentre à la maison de ce pas, et je vais faire descendre du grenier mon ancêtre... — Vers midi j'irai vous chercher...

» — Vous me trouverez tout prêt à vous suivre et à restituer à Jean-Nicolas-Robert le nez qu'il a perdu...

» — Et cette perche magnifique, n'allez pas l'oublier sur l'herbe...

» —Qu'en ferais-je, commandant, moi qui mange à table d'hôte?... Veuillez l'accepter, je vous en supplie...

» — C'est donc pour vous obéir...

» Et le vieillard, sans se faire prier davantage, emporta le poisson pêché par moi, et s'en alla tirer le grand-père de son trisaïeul des solitudes poudreuses du grenier.

VII

» Qu'en dis-tu ?

» Crois-tu que je pourrais, sans trop de vanité, réclamer une place honorable dans la glorieuse série des petits Machiavels ?

» La maison de Marguerite m'est ouverte !

» Et par qui ?

» Par le mari lui-même ! — par le mari qui me mène chez lui pour recevoir de moi un service ! — par le mari qui craint d'être *indiscret* en abusant de ma *complaisance !*

» Est-ce beau ?... — Est-ce complet ?...

» Suis-je assez dans le vrai, en répétant sur tous les tons, avec Gavarni : *Les maris me 'font toujours rire !*

» A midi précis le commandant me venait que-

rir, et nous nous acheminions, bras dessus, bras
dessous, vers son logis. — De la main gauche je
tenais ma boîte à couleurs et mon appui-main.

» Dans ma première lettre, je t'ai longuement dé-
crit l'extérieur de la petite maison de la rue de la
Préfecture.

» Je fis semblant de la voir pour la première fois,
et j'en admirai fort la façade si bien tenue, — la
porte verte, — les persiennes vertes, — la terrasse
verte.

» Le commandant était ravi.

» Avec une clef qu'il tira de sa poche, il ouvrit.

» Nous entrâmes.

» Ne ris pas... — Au moment où je franchissais
le seuil, je sentis mon cœur battre comme celui
d'un rhétoricien qui court à son premier rendez-
vous avec une modiste de quarante ans !...

» J'étais dans la maison de Marguerite !

» Je respirais l'air que respirait Marguerite !

» Mes yeux allaient se reposer sur les objets
que regardaient chaque jour les yeux de Marguerite !

» J'allais sans doute voir Marguerite elle-
même !...

» Dans tout cela, il y avait certainement de quoi
me tourner la tête... — et ma tête tournait en
effet !

» — Je passe le premier, afin de vous montrer le

5.

chemin, — dit le commandant en s'engageant dans l'escalier.

» A peine en avions-nous gravi quelques marches que j'entendis un aboiement joyeux, et Gibby vint se jeter dans mes jambes avec des frétillements sans nombre et des cris de tendresse à n'en plus finir...

» Je lui rendis ses caresses avec usure, en songeant que la délicieuse main de sa maîtresse se promenait souvent sur sa jolie tête et sur ses reins délicats et cambrés.

» — Elle vous reconnaît!... — s'écria M. de Ferny. — Ma parole d'honneur c'est une vraie passion que cette petite chienne éprouve pour vous!..

» — Passion partagée... — répondis-je en riant. — Mademoiselle Gibby est un ravissant animal, et je ne me lasse point de l'admirer...

» — Alors, vous êtes comme ma femme, qui ne vois rien de plus beau et de plus merveilleux que son endiablée levrette!

» — Madame de Ferny aime beaucoup Gibby?...

» — Je vous dis qu'elle en perd l'esprit!... — C'est au point que par moments je suis presque jaloux de cette bête!... — Pour ma part, j'avoue que je ne comprends pas très bien les mérites de ces chiens efflanqués qui n'ont que la peau sur les os et qui tremblent, même par la chaleur, comme s'il

gelait à pierre fendre... — Je n'aime les chiens
d'aucune espèce, mais enfin, à toutes ces races inutiles je préfère un bon gros dogue... au moins ça
garde la maison... ça fait peur aux filous noc-
turnes.

» Je me contentai de formuler, en manière de
réponse, cet axiome entièrement *inédit* et parfaitement de circonstance :

» — Commandant, tous les goûts sont dans la
nature ! !

» — C'est parfaitement juste, — répliqua le vieillard, — et cependant nous avons des gens qui ne
peuvent pas souffrir la pêche à la ligne ! !

» Tout en parlant, le commandant ouvrit une
porte, — celle de la salle à manger.

» — Entrez, — dit-il, — le portrait est là...

» Je ne te parlerai point du mobilier de la pièce
dans laquelle nous pénétrâmes.

» Bois d'acajou, style de l'empire, — parquet
dangereux à force d'être ciré, — voilà tout.

« Contre la muraille trois portraits en pied, d'un
assez grand style, peints au seizième et au dix-sep-
tième siècle, par des artistes inconnus qui n méri-
taient pas leur obscurité.

« Ainsi que me l'avait annoncé le commandant,
un panneau vide, — ou du moins mal occupé par
une fort laide lithographie, — attendait un qua-
trième portrait.

» Ce portrait, — celui de l'ancêtre en mauvais état, — était près de l'une des fenêtres, appuyé contre deux chaises retournées.

» Je m'approchai de lui, et je ne pus retenir un sourire en le regardant.

» Pauvre Jean-Nicolas-Robert, grand-père du trisaïeul du dernier des Ferny, dans quelle situation, grand Dieu! se trouvait ton noble visage !

» Un choc, de la nature duquel il était difficile de se rendre compte, avait enlevé toute la couleur du milieu de la figure, ne respectant que le canevas lui-même, car la toile n'était point crevée.

» Cette tête imposante d'homme de guerre, ainsi privée de son nez et d'une bonne partie de ses joues, offrait l'aspect le plus drôlatique.

» Heureusement, le mal n'était pas bien difficile à réparer.

» Tandis que j'examinais le dégât, le commandant me regardait avec une inquiétude manifeste.

» — Eh bien ! — me demanda-t-il enfin, — c'est terrible, n'est-ce pas ?

» — Terrible, — répondis-je d'un air de conviction parfaite.

» — Irréparable peut-être ?

» — Non... non...

» — Quoi, vous pensez ?...

» Je ne laissai pas à M. de Ferny le temps d'achever sa phrase et je dis :

» — Je pense, mon cher commandant, que je vais me mettre à la besogne, et qu'avant une heure vous aurez un ancêtre complet et irréprochable...

» — Vraiment, dans une heure le nez de Jean-Nicolas-Robert aura repris sa place?

» — La place qu'il n'aurait jamais dû quitter... — Oui, commandant.

» J'ouvris ma boîte et je préparai ma palette.

» Le vieillard me regardait faire avec une curiosité d'enfant. — Il ne s'était jamais formé la moindre idée de ces manipulations nécessaires, qui sont en quelque sorte la cuisine des beaux-arts... — Il s'étonnait de tout, et il m'adressait, dans le style des bourgeois d'Henry Monnier, une foule de questions saugrenues, auxquelles je répondais en gardant mon sérieux par un prodigieux effort de volonté.

» Ma palette terminée, et avant de restituer au visage patricien le trait caractéristique qui lui manquait, je me mis à étudier, non seulement les figures des autres portraits, mais encore celle du Ferny vivant que j'avais devant les yeux.

» Je fus frappé de l'étrange ressemblance de tous ces visages.

» C'étaient bien les mêmes traits, les mêmes regards, les mêmes caractères distinctifs de physionomie.

» Le commandant, — ce descendant d'une race

de héros, — abâtardi par la médiocrité de sa fortune
et par les habitudes de garnison prises dans des
grades peu élevés, — offrait le même type que les
grands seigneurs ses ancêtres, type un peu effacé
en lui, mais parfaitement reconnaissable.

» Il unissait la noblesse innée de ces capitaines
du vieux temps à je ne sais quelle vulgarité bour-
geoise et contemporaine.

» Comme ses ancêtres, il avait des yeux d'un
bleu pâle, enfoncés sous une arcade sourcilière profonde, mais ces yeux avaient perdu le fier éclat, la
hautaine expression du commandement.

» Ce fils des preux pêchait à la ligne, et trouvait
moyen de ressembler tout à la fois d'une façon
frappante à Jean-Etienne-Aymer de Ferny, gou-
verneur de la Franche-Comté pour Sa Majesté très
Catholique le roi d'Espagne, en 1585, — et à un
grognard de Charlet!...

» Conviens, mon cher ami, que le fait est bizarre
et digne de remarque.

» Je fis part au commandant d'une partie de mes
observations, celles qui se rapportaient aux simili-
tudes de physionomie entre les comtes de Ferny
du temps passé et leur héritier.

» Ceci parut flatter extrêmement le brave gentilhomme...

» — Oui... oui, — dit-il, — c'est le même sang...
— on se ressemblerait de plus loin... — Par mal-

heur, ce n'est plus la même fortune, mais c'est toujours le même cœur !

» Tandis que le vieillard prononçait ces mots, il me sembla qu'un rayon chevaleresque jaillissait de ses yeux.

» Venu au monde à une autre époque, — riche, — puissant, — considérable, — cet homme aurait sans doute valu ses ancêtres !...

» Les grandes familles devraient s'éteindre et non pas s'amoindrir ! — Selon moi, l'agonie d'une race est plus triste que la mort d'un homme !

» Je me disais ce que je viens de t'écrire tout en esquissant le nez de Jean-Nicolas-Robert, pour lequel celui du commandant me servit de type à son insu.

» Au bout de quelques minutes, ce nez majestueusement aquilin commençait à se modeler et complétait la physionomie caractérisée et impérieuse du vieux seigneur, qui semblait plus à l'aise sous sa cotte de mailles pesante que nous autres sous nos vareuses d'atelier.

» Ebloui, fasciné par les résultats si prompts que mes pinceaux obtenaient sous ses yeux, le commandant faisait des gestes d'un comique achevé pour exprimer son admiration et murmurait de minute en minute :

» — Prodigieux, ma parole d'honneur !... inimaginable tout à fait ! — Mais c'est que c'est ça ! —

un nez ! — un vrai nez !... on jurerait qu'il va sortir de la toile !...

» — Vous êtes satisfait, commandant ?

» — Ah ! fichtre, je le crois bien !

» — Allons, tant mieux...

» — Mon jeune ami, vous êtes un grand peintre !...

» — Un modeste amateur, tout au plus...

» — Voulez-vous être franc avec moi ?...

» — Très volontiers...

» — Eh bien, convenez d'une chose.

» — Laquelle ?...

» — C'est qu'à Paris vous êtes célèbre.

» Je me mis à rire.

» — Je ne suis pas célèbre le moins du monde, mon cher commandant... — dis-je ensuite.

» — Mais vous le deviendrez ?

» — Jamais.

» — Et pourquoi cela ?

» — Parce que, pour acquérir la célébrité, il faut travailler beaucoup plus sérieusement que je ne le fais... — Peut-être y avait-il en moi l'étoffe d'un véritable artiste, — mais j'ai le malheur d'avoir une fortune assez considérable qui me permet de m'adonner sans contrainte à mes goûts dominants que vous connaissez, la pêche à la ligne et le jeu d'échecs, ce qui nuit beaucoup à la régularité de mon travail...

» — Ainsi, mon jeune ami, vous êtes riche ?...

» — Oui, commandant.

» — Eh bien! je vous en fais mon compliment sincère... Quoi que vous en ayez dit tout à l'heure, la fortune n'est point un malheur et vaut encore mieux que la gloire...

» Je ne répondis pas.

» Les gens qui pensent comme le commandant sont si nombreux, et paraissent si convaincus, qu'ils pourraient bien avoir raison, en définitive.

» Cependant je n'ai jamais eu la pensée de plaindre le grand Corneille faisant raccommoder sa chaussure à l'échoppe d'un savetier!

» Je venais de donner le dernier coup de pinceau.

» Le nez était fini.

» Jean-Nicolas-Robert, désormais complet, paraissait l'avoir toujours été.

» Le commandant au comble de l'enthousiasme frappa dans ses mains à plusieurs reprises.

» Puis il ouvrit une porte et il appela.

» — Marguerite!... Marguerite!

VIII

» — Me voici, mon ami, — répondit depuis l'intérieur d'une seconde pièce une voix pure et fraîche
dont le timbre de cristal était présent à mon oreille
et gravé dans mon cœur.

» Ainsi, c'était bien vrai, j'allais revoir Marguerite ! — j'allais, pour la troisième fois, — (y compris la passagère apparition de la terrasse), — me
trouver en présence de cette jeune femme, qui sans
le savoir a pris sur tout mon être un si étrange et
si complet ascendant !...

» Allons, décidément, je suis amoureux.

» Tu souris, en pensant que vingt fois dans ma
vie tu m'as entendu t'en dire autant...

» D'accord... mais je sais bien, moi, que je n'ai
jamais rien ressenti qui puisse se comparer à ce
que j'éprouve aujourd'hui.

» Jadis, c'étaient des fantaisies, — des caprices, — des enivrements subits de la tête ou des sens... — tout ce que tu voudras enfin...

» Aujourd'hui, ce n'est rien de cela... — aujourd'hui, c'est de l'amour... — Tu peux me croire, je m'y connais !

» Cependant, un frou-frou charmant se faisait entendre...

» Ce murmure soyeux, — la plus adorable, sans contredit, de toutes les musiques, quand il est produit par la robe de la femme aimée, — annonçait l'arrivée de Marguerite...

» Elle parut, et moitié rougissant, moitié souriant, elle me fit avec une grâce exquise une révérence de pensionnaire.

» Ah ! mon ami, qu'elle était belle !...

» Tiens, je ferme les yeux, et à travers mes paupières closes, dans cette espèce de chambre obscure que je me crée à moi-même, je la revois nette, distincte, non seulement dans les contours de sa personne et dans les traits de son visage, mais encore dans les détails les plus minimes et les plus insignifiants de sa toilette.

» Ainsi, elle avait modifié légèrement sa coiffure...

» Ses admirables cheveux bruns, naturellement ondulés, au lieu de former deux bandeaux lisses et brillants qui descendaient jusqu'aux oreilles, se relevaient vers les tempes, et ses deux longues nattes, au lieu de se tordre derrière la tête, étaient ramenées en avant et s'entre-croisaient au-dessus du front si pur auquel ils faisaient un diadème.

» Un étroit cercle d'or mordait le lobe de ses petites oreilles d'un rose pâle.

» Marguerite portait une robe d'été, en mousseline blanche à fleurs bleues.

» Cette robe montait jusqu'au cou, qu'entourait un col plat tout uni.

» Les bras nus sortaient des manches larges.

» La jeune femme n'avait pas un bijou, — seulement, à l'un des doigts de sa main gauche, sa bague de mariage.

» Ses infiniment petits pieds étaient chaussés de pantoufles mordorées, ornées, sur le cou-de-pied, d'une large bouffette de ruban bleu.

» De sa chevelure, de ses vêtements, d'elle tout entière, s'exhalait un faible et doux parfum.

» Telle était Marguerite, — telle je la vis, — telle je la vois...

» — Ma chère enfant, — lui dit M. de Ferny, — je te présente M. Henry Varner, dont je t'ai déjà parlé et que tu connais d'ailleurs, puisque c'est lui qui t'a restitué Gibby il y a cinq ou six jours... — Je te donne monsieur pour un homme d'un fort grand talent et d'une modestie encore plus grande...

— Il dessine, — il peint, — il joue aux échecs, — il pêche à la ligne, il fait tout bien... — A propos, nous avons mangé ce matin, à déjeuner, votre perche, en friture... — Elle était excellente... — n'est-ce pas, Marguerite?

» La jeune femme, ainsi interpellée, répondit timidement :

» — Oui, mon ami...

» J'aurais voulu parler, — mais j'éprouvais l'impérieux besoin de ne point dire de banalités, et mon esprit troublé ne me suggérait pas autre chose.

» Je gardai donc le silence, en m'inclinant avec un geste de dénégation comme pour protester contre les éloges exagérés que le commandant prodiguait à moi et à ma perche.

» Il profita de mon mutisme pour continuer :

» — Monsieur a bien voulu se charger de remettre en bon état mon ancêtre Jean-Nicolas-Robert, qui depuis des années, comme tu sais, était au grenier... — Tu peux voir, en jetant un coup d'œil sur cette toile, que monsieur s'est acquitté de cette tâche difficile avec une inappréciable supériorité... — C'est un travail véritablement surprenant!... Regarde le nez de mon ancêtre, je te prie, Marguerite... — comment le trouves-tu?

» — Admirable... — dit la jeune femme avec un sourire...

» — N'est-ce pas? — ajouta le commandant avec conviction. — Pour ma part, je n'ai jamais vu de nez plus parfait... — En l'examinant on se sent l'envie de lui proposer un mouchoir de poche...

» Je m'étais remis de ma première émotion, — je ne pus retenir un éclat de rire.

» Marguerite fit chorus avec moi... — le commandant, entraîné par l'exemple, nous imita, et Gibby, peu accoutumée à cette gaieté bruyante, aboya de toutes ses forces.

» — Ah ! — s'écria M. de Ferny en me saisissant la main et en la secouant, — il faut en convenir, mon jeune ami, vous nous portez bonheur !... Il y a bien longtemps qu'on n'avait ri dans cette maison... — Depuis la mort de sa mère, ma pauvre Marguerite est si triste...

» Cette parole, malencontreusement jetée au milieu de la gaieté enfantine et passagère de la jeune femme, arrêta le rire sur ses lèvres et mit des larmes dans ses yeux.

» Le vieillard frappa du pied.

» — Sacrebleu ! — dit-il. — En vérité, je suis un fier maladroit ! !... Chassons les souvenirs attristants, et venez visiter les fleurs de Marguerite... Voulez-vous ?

» — Si vous ne me l'aviez proposé j'en aurais fait la demande à madame et à vous...

» — Ça ne va guère vous amuser cependant, vous

qui avez vu des fleurs bien autrement curieuses, en Grèce, en Turquie, en Afrique, et ailleurs en-core...

» — Comment ! monsieur, — me demanda Marguerite avec ce même regard naïvement curieux qu'elle avait jeté sur moi quelques jours auparavant, en me parlant des levrettes de M. de Lamartine, — vous avez vu les fleurs de tous ces pays-là ?

» — Oui, madame, j'ai eu ce plaisir.

» — Elles doivent être bien belles.

» — Un grand nombre d'entre elles ont un éclat qui tient du prodige, une inimitable élégance, une invraisemblable variété de couleurs.

» — Vraiment ! — murmura la jeune femme en ouvrant ses grands yeux.

» Là-dessus, je me mis à improviser un feuilleton parlé dans lequel j'étalai les fantastiques trésors d'une flore de pure fantaisie qui faisait un beaucoup plus grand honneur à mon imagination qu'à ma véracité et à l'exactitude de mes souvenirs de voyageur.

» Marguerite coupait de temps en temps mes hyperboles par d'involontaires exclamations.

» — Mon Dieu, — dit-elle quand j'eus achevé mes tirades, — que vous êtes heureux, monsieur, d'avoir vu tout cela !... — Vous aimez les fleurs, n'est-ce pas ?...

» — Passionnément !

» — Moins que les échecs et la pêche à la ligne, j'espère ?... — s'empressa d'ajouter le commandant.

» — Un peu moins, sans doute, et cependant beaucoup. — Dans mes affections, les fleurs occupent la troisième place...

» — A la bonne heure ! — grommela M. de Ferny.

» Marguerite reprit :

» — Comment oser vous montrer les miennes, après les admirables descriptions que vous venez de nous faire ?

» Je me hâtai de répondre :

» — Je vous en prie, madame, ne dites pas de mal des fleurs de France. — Moins éclatantes peut-être que leurs sœurs orientales, elles ont des nuances douces et de suaves parfums qui ne se rencontrent point ailleurs.

» — Enfin, — interrompit le commandant que ces dissertations botaniques commençaient à fatiguer, — telles qu'elles sont, nous les verrons... — Descendons au jardin... — Montre-nous le chemin, Marguerite...

» La jeune femme passa la première.

» Nous la suivîmes, et au bout d'un instant nous étions au milieu de plates-bandes admirablement tenues et remplies de fleurs devant lesquelles je pus m'extasier sans flatterie aucune.

» De même que je t'ai fait grâce tout à l'heure de mon feuilleton fantaisiste, je te fais grâce, maintenant, des merveilles du jardin de Marguerite.

» Je puis t'affirmer seulement que mon enthousiasme fut sincère...

» L'aurait-il été de même si je n'avais cru retrouver dans toutes ces fleurs quelque chose du parfum de celle qui les faisait croître ?

» *That is the question...* — comme dit le vieux William Shakespeare.

» En présence de mon admiration expansive, Marguerite était rayonnante.

» Il me sembla que le moment de démasquer l'une de mes batteries était arrivé.

» — Mon cher commandant, — dis-je au vieillard, — il faut que j'obtienne de vous une faveur.

» — Vous savez bien, mon jeune ami, que je n'ai rien à vous refuser.

» — Au fait, — répliquai-je en riant, — c'est vrai ! ne sommes-nous pas liés l'un à l'autre par la franc-maçonnerie de la ligne et des échecs?...

» — Et aussi, — ajouta le vieillard, — par le nez de Jean-Nicolas-Robert, grand-père de mon trisaïeul !... — Voyons, de quoi s'agit-il ?

» — Oh ! mon Dieu, de la chose la plus simple... —J'ai rapporté des jardins d'Athènes, et de ceux de Constantinople et d'Alger, quelques graines d'une culture facile... — Je veux que vous m'autorisiez à offrir à madame de Ferny la moitié de ces graines...

» Le visage de Marguerite s'empourpra de joie.

» — Oh! mon ami, — dit-elle à son mari d'un ton suppliant,—des fleurs de Grèce et de Turquie... songez donc...

» — Mais, tu ne penses pas, mon enfant, qu'en acceptant, tu priverais M. Henry...

» — C'est vrai... — fit tristement la jeune femme. — Monsieur est trop bon... nous ne pouvons pas...

» — Commandant, — m'écriai-je à mon tour, — par Jean-Nicolas-Robert, — par les hameçons à cinq pointes et par les cases de l'échiquier, je vous adjure de faire droit à ma requête!

» — Vous le voulez absolument?...

» — J'y tiens plus que je ne saurais le dire...

» — Hier vos cigares... aujourd'hui vos graines!... — Vous êtes au pillage, mon jeune ami!

» — Mon plus vif désir est d'être pillé.

» — Dans ce cas que votre volonté soit faite... Vous allez rendre Marguerite bien heureuse...

» — Oh! monsieur,— balbutia la chère enfant, — comment vous remercier?...

» — En ne me remerciant pas.

» Marguerite prit Gibby dans ses bras, — heureuse Gibby!... — et l'embrassa avec effusion, — trop heureuse Gibby!... — en lui disant :

» — Entends-tu bien, ma belle petite fille, nous

allons avoir des fleurs nouvelles, des fleurs comme tu n'en as jamais vu... des fleurs d'Athènes, de Constantinople et d'Alger... — Entends-tu, Gibby, quel bonheur !...

» Gibby n'entendait probablement pas, — mais elle rendait à sa maîtresse les caresses qu'elle en recevait, et son museau rose se promenait tout à son aise sur les joues roses et sur les lèvres roses de Marguerite.

IX

» Si la métempsycose existe, l'ex-vivant dont
l'âme est venue habiter le corps de la levrette
blanche, n'a pas besoin de chercher son paradis
ailleurs que dans ce monde.

» Décidément, je suis jaloux de Gibby !...

» Au bout d'un instant, je repris :

» — Demain, j'apporterai les graines...

» — Et vous serez le bienvenu, — dit le commandant.

» — Croyez-vous, monsieur, — me demanda
Marguerite, — que je viendrai à bout de les cultiver
pas trop maladroitement ?

» — Ce n'est point douteux. — J'aurai d'ailleurs
le plaisir de vous donner quelques explications
écrites qui se trouvent dans mes notes, et qui
rendront la chose extrêmement facile...

» Tu comprends que je copierai tout bêtement les indications de la bienheureuse brochure... — Ami véritable et intelligent, je te bénis !

» Je poursuivis :

» — Maintenant, commandant, je vais avoir l'honneur de prendre congé de vous et de madame...

» — Déjà !

» — Je crains...

» — D'être importun, n'est-ce pas ?... — Allons donc ! — vous savez bien le contraire... — Voyons, est-ce que le cœur ne vous dit rien ?... — Est-ce que nous nous séparons sans avoir combattu ?... Je vous dois une revanche pour la dernière partie d'hier... — Ne me la demandez-vous point ?...

» — Ah ! commandant, j'y songeais... — j'y songeais beaucoup... mais... je n'osais pas...

» — Sérieusement ?... — Eh bien ! une fois pour toutes, sachez que je suis toujours prêt, et toujours votre homme.

» — Je ne l'oublierai plus.

» — Marguerite...

» — Mon ami ?...

» — Va mettre l'échiquier sur la table du salon, je te prie, et prépare-nous des grogs.

» — Oui, mon ami...

» Marguerite s'élança vers la maison avec la grâce et la légèreté d'une véritable enfant de seize ans.

6.

» O Marguerite, Marguerite, il faut bien vous aimer, pour songer sans frémir à l'incalculable quantité d'*échecs au roi* qu'il me va falloir subir pour l'amour de vous !...

» Et, encore, pourvu qu'un jour arrive où je pourrai me dire : *Ce sont les petits malheurs d'un amant heureux !*

» Mais si, par un destin funeste, *un échec à l'amant* devait, au contraire, terminer l'entreprise où mon cœur me conduit !

» N'y pensons pas, ce serait trop triste !...

» Nous nous installâmes dans un salon plein de portraits d'ancêtres et de ces gravures de batailles dont le seul aspect fait mal aux nerfs à tout homme quelque peu doué du sentiment artistique.

» Je savourai, tout en jouant, un grog au kirsch préparé par les blanches mains de ma bien-aimée, et je perdis, avec un bonheur infini et des jouissances ineffables, trois parties de suite.

» — Vous avez aujourd'hui un guignon d'enfer, mon jeune ami, — me disait de temps en temps le commandant.

» Et il ébranlait les murailles du salon par son gros rire.

» Ce Prudhomme-gentilhomme est plus vigoureux, que bien des jeunes gens. — Il vivra aussi longtemps que Mathusalem, de biblique mémoire !

» La troisième partie achevée et perdue, M. de Ferny me laissa seul dans le salon.

» Il passa dans une pièce voisine, — il appela Marguerite, et un colloque assez long s'engagea entre eux.

» — Ecoutez, — me dit-il en rentrant, — j'ai fait jusqu'à présent tout ce que vous avez voulu... — c'est à votre tour de faire ce que je vais vous demander...

» — Quoi que ce soit je m'engage d'avance...

» — Eh bien, si vous êtes homme à ne pas reculer devant un mauvais dîner, venez demain partager le nôtre... — Ça vous va-t-il?...

» — On ne peut mieux, et je suis reconnaissant, comme je le dois, de votre invitation...

» — Ce sera sans façon tout à fait... — Après dîner nous fumerons un cigare dans le jardin, et ensuite, ma foi, vivent les échecs!...

» — Cette perspective est ravissante !

» — N'est-ce pas ?... — A propos, pêchez-vous demain matin?...

» — Cela m'est impossible, — à mon grand regret, — j'ai des lettres pressantes à écrire...

» — Dans ce cas, nous ne nous verrons qu'à dîner... — A demain, mon jeune ami...

» — A demain, mon cher commandant...

» Et je partis sans avoir revu Marguerite...

» Or, tout ceci se passait hier. — Demain c'est

aujourd'hui, et dans deux heures je serai à table en face de celle que j'adore...

» Juge de ma joie !... ou plutôt de mon délire !...

» Je te tiendrai au courant, et, en attendant, je te garde toute la portion de mon cœur qui n'est pas prise par Marguerite...

» H. V. »

Huit jours s'écoulèrent.

Au bout de ces huit jours, Henry Varner écrivait à son ami une troisième lettre que voici :

« D'abord, mon très cher, merci... — J'ai tout reçu, les engins de pêche et les cigares... — Tout est bien, tout est parfait...

» Deux vrais amis vivaient au Monomotapa...

a dit le bonhomme de Château-Thierry... — Le Monomotapa, pour moi, c'est Paris, puis que tu y es resté !...

» Un peu plus loin, le même bonhomme s'écriait :

» Qu'un ami véritable est une douce chose...

» Grâce à toi, je suis entièrement de son avis. — Si je m'appelais Pollux, je te nommerais Castor...

— si tu t'appelais Pylade, je me nommerais
Oreste !...

» Ma fortune va prendre une face nouvelle !...
» Puisque j'ai dans Paris un ami si fidèle.

» Tout à l'heure je citais du La Fontaine, —
maintenant j'arrange, ou plutôt je dérange du Ra-
cine !... — Tu vois, ô mon *fidus Achates,* que je possède assez convenablement mes classiques !...

» Dans le billet de quelques lignes qui accompagnait ton dernier envoi, tu me dis de prendre bien
garde à moi, attendu que je te parais fort dangereu-
sement épris, — et tu me donnes les plus sages
conseils qu'un homme de bon sens puisse adresser
à un fou...

» Tu as raison, cent fois raison, mon très cher.
— Mais tu sais aussi bien que moi qu'avec toute la
bonne volonté du monde je ne puis absolument rien
changer à ce qui arrive...

» En amour je suis fataliste.

» Ma destinée a de tout temps été d'aimer Marguerite... — je vais où ma destinée me pousse...

» Si j'arrive à quelque fatale issue, tant pis pour
moi... — *C'est écrit là-haut,* — comme disent les
Turcs, — *Allah est grand!*

» Tu trouves que j'ai la tête à l'envers, n'est-ce
pas ?...

» Parbleu !!...

» Maintenant, tu veux savoir si, depuis une semaine, mon roman a marché.

» Ecoute, ou plutôt lis, — et en lisant, souris, —
car je deviens plus naïf, ma parole d'honneur,
qu'une pastorale de M. de Florian, et bientôt sans
doute, troquant mon nom pour celui de Tircis ou de
Némorin, je m'en irai, muni d'une houlette à rubans
roses, garder de blancs moutons dans une verte
prairie, en soupirant des sonnets qui sentiront l'am-
bre et la poudre à la maréchale...

» Une heure après avoir mis à la poste ma lettre
à ton adresse j'arrivai chez le commandant, muni
de mes graines exotiques et de mes petites instruc-
tions soigneusement copiées...

» Je fus introduit dans la salle à manger, où
M. de Ferny s'occupait à mettre en bon ordre un
escadron de bouteilles poudreuses.

» Le vieillard me fit l'accueil le plus empressé et
me présenta à Jean-Nicolas-Robert qui, tout fier
de son nouveau nez (quel atroce jeu de mots!...)
avait pris glorieusement sa place dans le panneau
qui l'attendait depuis si longtemps.

» — Ah çà ! mais, commandant, — m'écriai-je en
désignant les bouteilles, — est-ce que, par hasard,
vous avez le projet de nous faire vider tout cela?...

» — Le nombre vous effraye? — demanda le
commandant en riant.

» — Beaucoup, je l'avoue.

» — On a bien raison de le dire, les fils ne valent pas ce qu'ont valu les pères ! Dans ma jeunesse, un gaillard de votre âge et de votre force n'aurait point hésité à attaquer, tout seul, cette malheureuse dizaine de fioles !... — Il paraît qu'aujourd'hui ce n'est plus de même... — Enfin, rassurez-vous, nous dégusterons les crus divers que ces demoiselles contiennent dans leurs flancs arrondis, mais nous nous arrêterons quand vous voudrez...

» — De cette façon, tout ira bien...

» — Maintenant descendons au jardin, où Marguerite doit nous attendre et ou l'on viendra nous annoncer que le dîner est servi...

» Marguerite était en effet dans le jardin, assise sur un banc rustique placé sous une tonnelle de verdure adossée au mur d'enceinte.

» En nous voyant, elle se leva et vint à notre rencontre.

» Elle me parut (tu ne me croiras pas, mon ami, et cependant c'est la littérale vérité), elle me parut dis-je, mille fois plus jolie encore que la veille.

» Et quelle élégante et adorable simplicité dans sa mise !

» Jamais la plus divine Parisienne ne fut gracieuse et séduisante à ce point.

» Elle portait une robe de soie d'un bleu pâle avec des nœuds de velours noir au corsage..... —

elle avait des nœuds pareils dans ses beaux cheveux.

» De la main droite elle tenait un bouquet de
roses.

» Comme la veille elle rougit légèrement en me
voyant; mais, crois-le bien, je ne suis pas fat, et je
n'attribue cette rougeur qu'à son extrême timidité...

» Je suis sans aucun doute le seul étranger qui,
depuis son mariage, ait mis les pieds dans la maison
de son mari.

» Tout en me parlant et en me remerciant de mes
graines turques et grecques, elle plongeait d'instant
en instant son doux visage dans les feuilles parfu-
mées de ses roses, moins fraîches et moins velou-
tées que ses joues.

» Si Grandville avait eu l'heureuse chance de voir
Marguerite au milieu de ses fleurs, quel type idéal
il aurait ajouté aux adorables types de ses *Fleurs
animées!*

» De temps en temps la jeune femme me regardait; mais, aussitôt que son regard rencontrait le
mien, ses paupières s'abaissaient sur ses yeux d'un
azur si sombre, et ses longs cils de velours proje-
taient leur ombre sur ses joues.

» Quelques minutes se passèrent ainsi, puis une
domestique apparut sur la marche supérieure de
l'escalier qui de la maison descend au jardin, et tout
du haut de sa tête cria :

» — Hé ! madame, si vous voulez venir... la soupe est sur la table...

» — Allons, allons, — fit le commandant, ne laissons pas refroidir la soupe. — C'est ce que je disais toujours à ces messieurs à la pension des officiers...

» Puis il ajouta :

» — Donne le bras à M. Varner, Marguerite.

» Je m'approchai vivement de la jeune femme qui passa son bras sur le mien.

X

» Je ne saurais exprimer la sensation que me fit éprouver le contact de cette chair fraîche et ferme, qui cependant ne s'appuyait qu'à peine et semblait craindre de me toucher...

» Depuis que je suis un homme, j'ai pressé bien des femmes contre mon cœur...

» Eh bien, jamais je n'ai ressenti une émotion plus vive, — une jouissance plus âcre, plus enivrante...

» Et cela est tout simple... — mes maîtresses d'autrefois, je ne les aimais qu'avec mes sens...

» J'aime Marguerite, au contraire, tout à la fois avec mes sens, avec mon cœur avec mon âme.

» Nous nous mîmes à table; — je me trouvais à la droite du commandant et en face de sa femme.

» La table était servie avec un certain luxe de vieille argenterie massive datant de Louis XIV et portant l'écusson des Ferny, à demi effacé par le temps.

» N'est-il pas bizarre de penser que ce vulgaire bourgeois qui s'écriait, il y a deux minutes : — *Ne laissons pas refroidir la soupe!...* — est le dernier rejeton d'une race de grands seigneurs qui va s'éteindre avec lui.

» Le dîner fut exquis. — Les plats, peu nombreux mais savamment accommodés, me donnèrent une haute idée de la cuisine de province, que je ne connaissais encore que par la chère très médiocre des tables d'hôte.

» Marguerite, — à laquelle sa timidité prête décidément une grâce de plus, — parla très peu, mais chaque mot prononcé par elle m'apportait une preuve de son éducation cultivée et de son esprit naturel...

» Cette enfant est une perle, un diamant sans tache!... Et elle appartient à un homme qui peut bien l'aimer d'une tendresse grossière et brutale, mais qui est incapable d'apprécier l'incommensurable valeur du joyau dont l'aveugle destinée l'a fait le maître !...

» Allons, le docteur Pangloss est en définitive un imbécile, et tout n'est pas pour le mieux dans le meilleur des mondes !...

» En veux-tu la preuve à l'instant même ?... — Je vais te la donner.

» Fidèle au programme qu'il s'était tracé, le commandant but de tous les vins, et il en but immodérément, quoiqu'il lui fût tout à fait impossible de me décider à lui tenir tête.

» — C'est ainsi qu'on manœuvrait les flacons au 5e cuirassiers, les jours de gala ! — répétait-il en sablant rasade sur rasade.

» Puis, chaque fois qu'il venait de vider son verre, il le renversait de manière à recevoir sur l'ongle du pouce de sa main gauche la dernière goutte du liquide transparent, et il s'écriait :

» — Rubis sur l'ongle !

» Peu à peu son visage s'empourpra et il me sembla que sa langue devenait pâteuse.

» Marguerite s'en aperçut aussi bien que moi.

» — Mon ami, — dit-elle timidement, d'un air de profonde anxiété, — est-ce que vous ne craignez pas ?...

» Elle s'interrompit, n'osant compléter sa phrase.

» — De me griser ?... — acheva M. de Ferny en goguenardant, — c'est ça que tu veux dire, petite ?... — Eh bien ! sois paisible !... — Le liquide est l'ami du militaire en retraite !... — Un ex-chef d'escadron au 5e cuirassiers se sent capable d'absorber le contenu de tous les tonneaux de la Bourgogne sans perdre son sang-froid, aussi vrai que je devrais être aujourd'hui maréchal de France !

» Et le commandant, — comme pour démontrer que son assertion reposait sur des bases solides, — continua de remplir son verre sans relâche et de le vider de même.

» Sous l'influence de ces libations réitérées il devint bavard outre mesure, et se lança dans le récit de certaines aventures de garnison passablement graveleuses, sinon tout à fait indécentes, qui forcèrent Marguerite à baisser les yeux, puis la tête, et mirent sur son beau front si pur la rougeur ardente de la confusion et de la honte.

» Vainement j'essayai de rompre le fil de la narration du commandant, et de l'embarquer dans un autre ordre d'idées. — Avec l'obstination des gens surexcités par le vin, il revenait toujours, et par le chemin le plus court, à ses anecdotes scandaleuses.

» Je comprenais ce que devait souffrir Marguerite, forcée ainsi de rougir devant un étranger, devant un jeune homme, par le fait de son vieux mari, et je ressentais le contre-coup de son douloureux embarras.

» Enfin, rien au monde ne fut plus pénible pour moi que la seconde partie de ce repas joyeusement commencé et qui me semblait ne devoir jamais finir.

» On apporta le café et les liqueurs. — Je frémis

en voyant M. de Ferny mettre la main sur un cara-
fon rempli de rhum.

» — Il va s'achever ! — pensai-je.

» Et, pour essayer une diversion, je m'écriai :

» — Dites-moi, commandant, n'allons-nous pas
faire un tour de jardin en fumant un cigare, pour
nous donner ensuite, tout entiers, corps et âme,
aux échecs?...

» — Oui... oui... — dit-il en se levant non sans
une certaine difficulté, — vous avez raison, mon
jeune ami... — j'allais oublier les échecs, moi... Ah!
diable!... vous n'avez qu'à vous bien tenir... je me
sens en veine... Je vais chercher des cigares...

» Et le commandant sortit.

» Je restai en tête-à-tête pendant quelques secondes avec la jeune femme.

» — Monsieur, — me dit-elle d'une voix presque
suppliante et avec l'accent de la plus complète sincérité, — je vous en prie, n'allez pas juger M. de
Ferny sur le dîner d'aujourd'hui... — Je ne comprends rien à ce qui se passe... et je vous affirme
que je ne connais personne dont les habitudes soient
plus sobres, je dirai même plus frugales que celles
de mon mari...

» J'allais répondre une banalité quelconque... —
je n'en eus pas le temps. — Le commandant rentrait avec des cigares.

» Nous descendîmes au jardin où Marguerite

trouva un prétexte pour ne pas nous suivre et où
M. de Ferny se jeta de nouveau, et tout à son aise,
dans les épisodes les plus diffus des galanteries de
sa jeunesse.

» — Et maintenant, — dit-il quand il fut fatigué
de parler, — maintenant, aux échecs !...

» Quiconque se propose de devenir l'amant de la
femme se fait, de droit, l'esclave du mari...

» Ceci est élémentaire.

» J'obéis donc passivement, et nous commen-
çâmes une partie qui ne dura guère, — car au
bout de moins de dix minutes le commandant, ses
coudes sur la table et sa tête dans ses mains, s'en-
dormit profondément.

» J'ai pitié de toi, mon cher ami ; — je ne veux
point abuser de ton dévouement si beau et t'écraser
sous la longueur de mes incommensurables épîtres.

» Je vais abréger de telle sorte que quelques lignes, je l'espère, me suffiront pour te mettre au
fait de l'emploi de ces huit derniers jours et de ses
résultats.

» Le lendemain du dîner que je viens de te raconter sommairement, j'allai faire à M. et à madame
de Ferny cette visite que le monde, dans son langage quelquefois si vulgaire et si laid, appelle *une
visite de digestion.*

» Le commandant me reçut avec un très visible

embarras. — Evidemment il était honteux de ses excès de la veille au soir.

» Il avait la tête lourde, — l'œil terne, — la langue embarrassée.

» En présence de la contrainte manifeste de mon hôte, je ne me sentais nullement à l'aise. — Heureusement le vieux soldat, voulant se soustraire à une situation fausse et pénible, prit un parti sage qui mit fin à notre gêne naturelle.

» — Il paraît, mon jeune ami, — me dit-il, — qu'hier au soir je vous ai donné un fort mauvais exemple, que vous avez très bien fait de ne pas suivre... — J'étais après dîner, un peu... un peu... comment dirai-je ? — le mot ne me vient pas, mais c'est égal, vous me comprenez...—Que voulez-vous ! J'avais trop compté sur les forces de ma tête et de mes nerfs... — Je ne peux pas m'accoutumer à l'idée que je ne suis plus qu'un vieux bonhomme... — Le 5e cuirassiers a été honteusement humilié en ma personne !... — Je vais vous dire à quoi cela tient... — Depuis plusieurs années je suis d'une sobriété si grande que je ne bois guère que de l'eau rougie à mes repas... — Hier, joyeux de votre présence, j'ai fait un faible extra qui ne m'a point réussi... — J'ai rompu avec mes bonnes habitudes et j'en ai été puni... — Ma femme est furieuse, et vous-même, j'en ai peur, vous avez perdu les trois quarts de votre estime pour moi...

» J'affirmai qu'il n'en était rien, et je le fis dans des termes si vifs que le commandant se laissa facilement persuader.

» Nous allâmes passer quelques instants au jardin auprès de Marguerite qui semait ses précieuses graines ; puis nous regagnâmes le salon pour y achever la partie d'échecs si malencontreusement interrompue la veille par le sommeil intempestif du vieillard.

» Dans un entr'acte, entre deux coups héroïques, il me dit :

» — Le but principal de votre séjour à Vesoul est le dessin, n'est-ce pas ?

» — Sans aucun doute.

» — Eh bien ! il m'est venu une idée...

» — Laquelle ?

» — Je connais à merveille, comme bien vous pensez, tous les coins et tous les recoins de ce pays qui est le mien... — Consacrons deux ou trois jours à parcourir ensemble les environs... — Je puis vous guider mieux que personne, et du moins vous saurez tout de suite quels sont les endroits qui par la suite mériteront de fixer vos crayons...

» La proposition me souriait médiocrement ; mais, comme je n'entrevoyais aucun moyen de l'éluder, je fis contre mauvaise fortune bon cœur et je l'accueillis avec enthousiasme.

7.

» Hélas! dans une vie humaine, combien d'enthousiasmes comme celui-là!...

» — Et, — demandai-je, — quand commencerons-nous notre tournée?

» — Le plus tôt sera le mieux, n'est-ce pas?...

» — C'est mon avis.

» — Eh bien, demain matin...

» — C'est entendu. — L'heure du départ?

» — Six heures précises.

» — Lequel de nous deux prendra l'autre?...

» — J'irai vous chercher à l'hôtel.

» — Le mode de locomotion?

» — Ne vous inquiétez de rien, je me charge de ce détail...

» — Et nos repas?

» — Les auberges des villages dans lesquels nous ferons un temps d'arrêt y pourvoiront.

» — C'est parfait.

» Le lendemain, à six heures sonnantes, le commandant arrivait à la porte de l'hôtel de la Madeleine avec un char à bancs à deux places qu'il s'était procuré chez un loueur de carrioles et qu'il devait conduire lui-même.

» Nous partîmes et nous ne revînmes que le soir, après avoir fait pas mal de chemin et visité une demi-douzaine de sites, que mon guide déclarait tous plus remarquables les uns que les autres, — opinion exaltée que je me gardais bien de combattre.

» Il en fut de même le lendemain, puis le sur-lendemain.

» Le commandant voulait continuer; mais je déclarai que j'en avais bien assez, et qu'avec ce que nous avions vu je trouverais sans peine à occuper mes crayons et mes pinceaux pendant six mois au moins.

» En conséquence, dès le jour suivant, je cherchai un appartement garni dans lequel il me fût possible de m'installer plus commodément que dans ma chambre d'hôtel.

» Les logements tels que celui que je désirais ne manquent point à Vesoul qui est ville de garnison et, par conséquent, pleine d'officiers.

XI

» Je trouvai dans la rue du Breuil, au premier étage, deux petites pièces très propres, précédées d'une antichambre et faisant parfaitement mon affaire.

» Dans la cour de la maison, une écurie et une remise étaient vacantes. — Je les louai.

» J'achetai un cheval à l'un des deux ou trois maquignons d'un village voisin, qui se nomme Pusey. — Je fis emplette d'une jolie américaine et d'un harnais chez un sellier de la rue même où j'avais mon logement. — M. de Ferny me procura pour domestique un soldat qui venait d'avoir son congé, — et je me trouvai ni plus ni moins bien établi que si je devais passer le reste de ma vie dans le chef-lieu du département de la Haute-Saône.

» Tu te dis et tu te répètes qu'il faut que je sois complètement fou pour apporter une telle perturbation dans ma vie, pour rompre violemment avec toutes mes habitudes, et cela à propos d'une femme que je ne connaissais pas il y a dix jours.

» Eh bien! non, je ne suis pas fou!...

» Une seule affirmation va te prouver à quel point j'aime Marguerite et combien l'amour qu'elle m'inspire est sérieux et sera durable... — Cette affirmation, la voici :

» — Si Marguerite était encore fille, ou si elle devenait veuve, je n'en ferais pas ma maîtresse, — j'en ferais ma femme!...

» Toi qui me connais bien, juge de ce qui se passe en moi pour me métamorphoser ainsi!...

» Maintenant, Marguerite m'aime-t-elle?

» Non, — elle ne m'aime pas encore, — du moins je le crois, — mais elle m'aimera un jour, — j'en ai la conviction, — je dirai plus, j'en ai la certitude. — Certains irrécusables indices me permettent de le prédire avec autant de confiance que, peut en avoir un pilote émérite du Havre ou de Dieppe, en annonçant le calme ou la tempête pour la fin du jour.

» Je te le répète, Marguerite ne m'aime pas encore, — et cependant, aujourd'hui déjà, quand son regard se croise avec le mien, il se détourne bien vite, mais c'est en prenant à son insu une expres-

sion plus tendre, — et lorsque cette enfant adorée
s'aperçoit que mes yeux sont fixés sur elle et la
contemplent longuement et avec ardeur, ce n'est
plus la timidité qui fait monter une rougeur vive à
ses joues...

» Hier, par un hasard involontaire, nos deux
mains se sont rencontrées en s'avançant vers une
même fleur.

» Marguerite est devenue pâle en retirant la
sienne...

» Je te dis qu'elle m'aimera !...

» A toi, mon ami, de tout cœur.

» H. V... »

Henry Varner ne se trompait pas.

Oui, Marguerite allait l'aimer, — et, bien plus,
elle l'aimait déjà, — elle l'aimait sans le savoir, avec
toute la candeur de son âme, avec toute la naïveté
de son cœur.

Pour la seconde fois de sa vie, la pauvre enfant
était la dupe de son angélique innocence.

Deux ans auparavant, elle s'était livrée en esclave
à son vieux mari, parce qu'elle ignorait ce que
c'était que le mariage.

Maintenant, — et parce qu'elle ne savait pas ce
que c'était que l'amour, — elle s'abandonnait, sans

défiance et sans résistance, à l'instinct secret et irraisonné qui la poussait vers Henry Varner.

A mesure que passaient les jours, elle sentait grandir en elle une vive et profonde affection pour le jeune homme, et contre cet tendresse qu'elle croyait purement fraternelle, contre cet irrésistible et impérieux attachement qui lui semblait légitime et chaste, elle ne cherchait même point à lutter.

Pourquoi lutter?

Henry n'était-il pas venu prendre une place dans sa vie pour la consoler de toutes ses douleurs, — pour lui faire oublier toutes ses angoisses, — pour remplir à tout jamais le vide de ses pensées, — pour chasser l'écrasant ennui qui l'obsédait?

Comment ne l'aurait-elle pas aimé, celui qui la comprenait si bien... celui dont le regard affectueux savait la consoler et la soutenir ?

D'ailleurs faisait-elle autre chose que d'obéir aux volontés clairement manifestées de son mari, et de suivre l'exemple qu'il lui donnait ? Et encore son affection pour Henry Varner était bien plus cachée, bien moins démonstrative que celle du commandant.

M. de Ferny ne pouvait plus se passer de la présence de son nouvel ami.

Il s'était engoué de lui à tel point qu'il l'accompagnait partout, et que c'est à peine s'il lui laissait, — dans la journée, — une ou deux heures de relâche.

Lorsque Henry allait dessiner, le commandant ne le quittait pas et, fumant à côté de lui, examinant d'instant en instant son travail, lui donnait les conseils les plus saugrenus que l'artiste acceptait avec une muette résignation.

La pêche à la ligne, — les interminables parties d'échecs et les promenades que Marguerite partageait souvent, — remplissaient le reste du temps.

Trois ou quatre fois par semaine, le commandant emmenait Henry dîner chez lui; — les autres jours, — lorsque la pluie ou le froid ne permettaient point de sortir en voiture, — Henry venait passer ses soirées dans la maison de la rue de la Préfecture.

M. de Ferny, avec cet incompréhensible aveuglement si commun chez les maris de tous les âges et de toutes les conditions, ne s'apercevait point du danger presque inévitable auquel il exposait Marguerite en introduisant ainsi dans son intérieur un homme très jeune et très distingué.

Mais ce danger, si complètement inaperçu pour le commandant, sautait aux yeux de tout le monde.

Il n'était bruit dans la ville que du *ménage à trois*, accepté avec une rare complaisance par le vieillard, et le bruit public répétait sur tous les tons qu'Henry était l'amant de Marguerite, à l'époque où Marguerite ne se doutait pas seulement encore qu'elle aimait Henry.

La situation aurait pu rester longtemps telle que nous venons de la mettre sous les yeux de nos lecteurs, car le jeune homme, passionnément épris et rendu timide et peu exigeant par l'intensité même de sa passion, se sentait heureux rien que de vivre dans la même atmosphère que Marguerite, — de la voir librement chaque jour et presque à chaque heure du jour, — de s'enivrer du son de sa voix, — de respirer le faible et doux parfum de sa chevelure et de ses vêtements...

Dans ses mystérieuses jouissances il trouvait un charme ineffable et si grand, que c'est à peine s'il désirait quelque chose de plus, — alors du moins qu'il était en présence de Marguerite et sous la chaste influence de sa beauté candide et pure, — car, lorsque rentré chez lui il se trouvait isolé, — pendant ses longues nuits solitaires, — la fièvre de la jeunesse et des sens se réveillait avec ses ardeurs inassouvies, — à l'amour immatériel se joignait le cortège des désirs enflammés, — le rêve audacieux enlevait à Marguerite son auréole de pudeur, — l'ange cédait sa place à la femme, et la femme devenait une maîtresse docile.

Mais Marguerite ne se doutait point des tempêtes que soulevait son image dans l'âme d'Henry

Varner, — tempêtes que sa seule présence, nous le répétons, apaisait comme par enchantement..

Ainsi que la salamandre symbolique du roi chevalier, elle marchait sans le savoir au milieu de flammes, et ne s'apercevait même pas du feu qui la consumait !...

Et cependant, le jour ne devait point tarder où Marguerite, éclairée enfin, jetterait sur elle-même un regard effrayé.

Mais alors il serait trop tard, — l'embrasement serait complet !

*
* *

L'automne avait passé, — puis une grande partie de l'hiver.

Le printemps était proche, — le mois de mars commençait.

Il faisait froid ; — le soleil brillait dans un ciel d'une admirable pureté, mais ses rayons sans chaleur ne savaient que rendre étincelant le givre suspendu aux branches des arbres, sans même entamer l'éclatante surface de la neige qui couvrait la campagne et que la gelée durcissait.

Henry avait métamorphosé son américaine en traîneau, en faisant remplacer le train et les roues par des patins légers.

On était convenu, la veille, que le jeune homme

viendrait prendre vers midi le commandant et sa femme pour une promenade.

A l'heure dite, Marguerite, chaudement encapuchonnée, montait dans le traîneau improvisé où M. de Ferny, roulé dans son manteau comme un saucisson d'Arles, prit place auprès d'elle.

Henry conduisait.

Le but de la promenade était une visite au gouffre du Fray-Puits. — Ce gouffre, un des plus bizarres phénomènes qui soient en France, — (voir les *Merveilles de la Nature* et les *Guides du Voyageur*), — est un abîme en forme d'entonnoir, situé à une lieue et demie de Vesoul sur une côte aride et rocheuse, et placé à la naissance d'une vallée profonde, qui vient aboutir au vaste bassin de prairies entourant la ville.

Au fond de cet abîme se trouve une source peu abondante, recouverte à demi par un grand rocher.

Jusqu'ici rien de plus simple ; mais voici où commence le phénomène : Deux ou trois fois par an, la source se met tout à coup à bouillonner, — l'eau s'agite et monte, lentement d'abord, puis avec une rapidité prodigieuse ; — elle remplit le gouffre jusqu'aux bords, — elle trouve une issue dans la vallée profonde qu'elle transforme en un torrent rapide et large, et en quelque heures elle inonde les prairies du bassin de Vesoul...

Si vous tenez beaucoup à apprendre d'où peut venir cette immense quantité d'eau, demandez-le aux géologues et aux savants, — ils vous répondront qu'ils n'en savent rien.

L'orifice du Fray-Puits se trouve à cinq ou six minutes de la grande route.

Le commandant, lorsqu'on fut arrivé à l'endroit le plus rapproché de l'abîme, fit arrêter le traîneau qui resta sous la surveillance du domestique.

Marguerite, Henry et M. de Ferny s'engagèrent à ravers champs dans la neige, et arrivèrent aux bords du gouffre béant.

Aucune éruption n'ayant lieu dans ce moment, rien au monde n'était moins curieux que cette curiosité.

Les trois promeneurs allaient revenir sur leurs pas quand Marguerite avisa, sur le versant du précipice, quelque chose de jaune et de vert qui se détachait vivement contre la surface du rocher nu, dans un endroit que les touffes de broussailles avaient mis à l'abri de la neige.

— Q'est-ce donc que cela? — demanda-t-elle.

— Cela? — répondit Henry, — c'est une fleur...

— Au mois de mars! Quelle chose bizarre!... — J'aurais bien voulu la voir de près, cette fleur... malheureusement c'est impossible.

— Impossible! — dit le jeune homme, — c'est

très facile au contraire, — dans une minute, elle
sera dans vos mains.

— Monsieur Henry, — s'écria Marguerite, —
vous plaisantez, n'est-ce pas ?...

— Nullement !... — Laissez-moi faire.

— Je vous en prie...

— C'est moi qui vous en prie, madame, soyez
sans inquiétude, — la tentative n'offre aucun danger... — Jusqu'au buisson qui se trouve immédia-
tement au-dessus de la fleur, la pente est douce et,
une fois arrivé là, je n'aurai qu'à me cramponner
d'une main aux broussailles et à me pencher pour
venir à bout de mon entreprise.

En écoutant Henry donner du ton le plus naturel
l'explication de son beau projet, Marguerite était
devenue très pâle.

— Ah çà ! voyons, — dit à son tour le commandant,
— j'espère bien que vous n'allez pas vous exposer à
un véritable danger pour une pareille bêtise !...

Et, comme le jeune homme se disposait à
s'éloigner sans répondre, M. de Ferny lui mit la
main sur le bras pour le retenir, tandis que Marguerite balbutiait d'une voix suppliante :

— Monsieur Henry... je vous en conjure...

— Dans une minute je serai à vous, — répliqua
Henry en riant, en se dégageant de l'étreinte ami-
cale du commandant et en s'élançant sur le bord
du gouffre.

Marguerite sentit que ses jambes ployaient sous elle, — un nuage passa sur ses yeux.

Elle regardait cependant, elle voulait voir.

M. de Ferny, lui, défilait tout un chapelet de jurons du plus haut style.

Tout alla bien d'abord.

Henry, quoiqu'il eût quelque peine à garder son aplomb sur la neige qui couvrait la déclivité du précipice et qui s'éboulait sous ses pieds, atteignit sans encombre le buisson, auquel il s'accrocha de la main droite.

Alors il se pencha sur le gouffre, jusqu'à ce que sa main gauche eût rencontré et cueilli la fleur.

— Victoire !... — cria-t-il en donnant à son corps une violente secousse pour se retrouver debout.

On entendit alors un craquement sinistre ; — les branchages desséchés qui soutenaient le jeune homme se brisèrent comme une paille ; — Henry tomba en arrière sur une surface absolument lisse et roula, ou plutôt bondit ainsi qu'une masse inerte jusqu'au fond de l'abîme, où il demeura sans mouvement, à demi recouvert par les tourbillons de neige qu'avait soulevés sa chute.

— Tonnerre de Dieu ! — hurla le commandant, — il est perdu !

Marguerite n'eut pas même la force de jeter un cri, tant son anéantissement fut complet et foudroyant.

Instinctivement, — car elle ne pouvait réfléchir, — elle comprit que si Henry était mort sa vie à elle se trouvait brisée, car elle ne vivait plus que pour Henry.

L'amour, — qui depuis si longtemps déjà se cachait au fond de son cœur, lui apparut soudainement, — illuminé par des lueurs étranges.

Contre un amour ainsi révélé, — et dans un pareil moment, — aucune résistance n'était possible.

Marguerite tomba à genoux en balbutiant :

— Je l'aime... mon Dieu... Je l'aime... sauvez-le !...

XII

Marguerite fut tirée de l'état de prostration horrible dans lequel elle était plongée, par son mari qui lui toucha l'épaule en lui disant :

— Allons... allons... il ne s'agit point de te trouver mal... — Le moment n'est pas heureux pour s'évanouir, sacrebleu !—Ce pauvre Henry s'est tué sans doute à cause de ta stupide fantaisie... mais peut-être aussi n'est-il pas tout à fait mort... — Dans tous les cas il faut voir si nos secours peuvent lui être encore de quelque utilité... — Relève-toi donc et descendons !... et vite !...

— Descendons... — répéta machinalement Marguerite en obéissant à la voix du commandant, à la suite duquel elle se mit à marcher sans même avoir la conscience de ce qu'elle faisait.

M. de Ferny s'engagea dans un sentier très étroit qui circule le long des flancs de l'entonnoir, à l'embouchure de la vallée et du côté qui fait face à la source.

Ce sentier, obstrué par la neige, était difficile mais non dangereux, car les parois du gouffre ne sont à pic que dans cette partie du haut de laquelle le jeune homme avait été précipité.

Au bout de quelques minutes d'une marche pénible, le commandant et Marguerite arrivèrent auprès du corps inanimé d'Henry. — Ce corps s'était enfoncé dans la neige, chassée par les coups de vent, amoncelée au fond de l'entonnoir où elle présentait une épaisseur de quatre à cinq pieds.

M. de Ferny, auquel Marguerite se sentait incapable de venir en aide tant son anéantissement était absolu, écarta de son mieux cette neige à droite et à gauche, et l'on put voir le pâle visage du jeune homme.

Ses yeux étaient fermés, ses lèvres entr'ouvertes ; — mais les doigts crispés de sa main gauche n'avaient point lâché la petite fleur, cause première de la catastrophe.

Les yeux de Marguerite, dont les regards tout à la fois fixes et vagues ressemblaient à ceux d'une somnambule, s'attachaient tour à tour sur cette fleur et sur la figure livide de Henry.

Le commandant souleva successivement les bras

II. 8

et les jambes de celui qui ressemblait d'une façon
si effrayante à un cadavre, et il fit jouer les articu-
lations de ses membres.

— Rien de cassé... — murmura-t-il.

Ensuite il appuya sa main sur le cœur.

Marguerite le regardait faire et semblait ne rien
comprendre à ce qui se passait devant elle.

Une joie vive se peignit soudain sur les traits du
commandant.

Il s'écria :

— Mordieu ! si jamais on me raconte qu'un qui-
dam s'est laissé choir du haut des montagnes de la
lune sans se briser les reins, je dirai que la chose
est possible !... — Henry est tombé sur cette neige
comme sur un matelas !... — Il est vivant et bien
vivant... — En voilà un, par exemple, qui pourra
se vanter de l'avoir échappé belle !!... — Une chute
de soixante pieds de haut !!... — Mille diables ! !...
il faut l'avoir vu comme je le vois pour le croire !...

Ces mots : *il est vivant*, arrivèrent jusqu'à l'intelligence engourdie de Marguerite et la ranimèrent
soudain.

— Vivant ?... — répéta-t-elle. — Vous dites qu'il
est vivant ?

— Je le dis, et c'est vrai...

— Vous en êtes sûr ?

— Comme je le suis de te voir...

— Mais ces yeux fermés... cette pâleur ?...

— Sont le résultat d'une défaillance produite par le saisissement et la commotion... voilà tout... — Ne voudrais-tu pas qu'après avoir dégringolé depuis là-haut Henry fût sur ses jambes et fît des entrechats! Les femmes sont folles... On n'est mort que quand le cœur ne bat plus... — Je sens battre le cœur d'Henry, donc Henry est vivant.

— Que Dieu vous entende!

— Au lieu de rester là comme une statue, tu ferais mieux de m'aider...

— A quoi?

— A soulever le pauvre garçon, et à l'appuyer contre cette roche... Au moins ainsi le sang pourrait reprendre sa circulation...

— Je suis prête...

— Prends son bras gauche de tes deux mains...
— C'est ça... c'est bien ça... De cette façon le voilà beaucoup mieux...

Le commandant et Marguerite, tout en échangeant les paroles qui précèdent, venaient d'adosser au rocher le corps du jeune homme.

— Maintenant, — dit M. de Ferny, — reste là et soutiens-le bien, afin de l'empêcher de glisser en avant ou de côté... — Je remonte en haut...

— Où allez-vous?...

— Parbleu! ne crois-tu pas que nous allons passer le reste de la journée dans la neige, à attendre qu'Henry reprenne connaissance?... — Avant ce

soir nous serions gelés tous les trois !... — Où je
vais ?... — Je vais chercher le domestique, afin qu'il
nous aide à hisser Henry le long de ce sentier du
diable, et à le porter dans lá voiture ! — Est-ce à
nous deux que nous en viendrions à bout, par hasard ?...

— Allez... et revenez vite...

— Veux-tu mon manteau pour ne pas te refroidir ?...

— Non, merci...

— Je m'en passerai volontiers... rien n'échauffe
comme de gravir dans la neige une côte pareille à
celle-là...

— Alors, laissez-le ici... — Si vous tardez à revenir je m'en servirai pour envelopper les épaules et
la poitrine de M. Varner.

Le commandant détacha son manteau et le laissa
tomber auprès de Marguerite ; — puis il s'engagea
dans la montée ardue qui devait mettre ses jambes
quasi septuagénaires à une cruelle épreuve.

Au bout d'une minute il disparaissait à l'angle
du premier coude formé par les zigzags du sentier.

Marguerite, restée seule avec Henri toujours évanoui, et chargée de le soutenir, s'agenouilla devant
lui afin de mieux s'acquitter de sa tâche.

— Est-ce bien vrai ? — se demanda-t-elle, — est-
il vivant ?...

A son tour sa main tremblante s'égara sur la poi-

trine du jeune homme et chercha la place du
cœur, qu'après quelques secondes elle trouva.

Sous le contact presque caressant de la main
chérie qui le pressait, ce cœur sembla battre plus
vite.

Marguerite, aussitôt rassurée, se recula et sentit
qu'une rougeur brûlante envahissait son front et
ses joues.

Elle se souvenait que, bien peu d'instants auparavant, elle venait de dire dans toute l'effusion de
son âme :

— Je l'aime, mon Dieu!... je l'aime, sauvez-
le!!...

En même temps qu'elle se rappelait cet involontaire élan de sa passion soudainement révélée, ses
regards rencontrèrent de nouveau la petite fleur
que la main d'Henry tenait toujours.

Elle se pencha pour la prendre, — les doigts raidis
se détendirent. — Marguerite saisit l'humble fleur,
— la couvrit des seuls baisers ardents que sa
bouche eût jamais donnés, et la cacha dans son
sein.

— Ah! — pensa-t-elle, — s'il était mort, il serait
mort pour moi... — Mais il m'aime donc aussi..
lui? il m'aime !

Au moment où la jeune femme s'adressait involontairement cette question, les souvenirs des derniers
mois qui venaient de s'écouler lui répondirent en

8.

foule avec toutes leurs voix, dont pour la première fois elle comprenait le sens, car ces voix lui chantaient un hymne d'amour et, après lui avoir révélé les mystères de son propre cœur, lui révélaient ceux du cœur d'Henry.

Marguerite écoutait avec une stupeur pleine de ravissement et de trouble, avec une extase mêlée de confusion et d'effroi, ces sublimes harmonies de la passion qui faisaient palpiter toutes les fibres de son être.

Eblouie par cette éclatante lumière dont le foyer était en elle-même, et qui se dévoilait soudainement à ses yeux, elle se répétait, tantôt avec une joie surhumaine, tantôt avec une écrasante terreur :

— J'aime... j'aime !... et je suis aimée...

Dans cette situation bizarre et invraisemblable d'une femme agenouillée dans la neige, au fond d'un abîme, à côté du corps inanimé de son amant, tandis que d'une minute à l'autre son mari va reparaître, Marguerite oubliait le reste du monde, — y compris le commandant, — pour ne songer qu'à l'enivrante révélation qui venait de lui être faite.

Elle ne se souvenait plus du passé, — elle ne songeait pas à l'avenir. — Elle ne se demandait pas : « — Que va-t-il arriver ?... — Oublierai-je en une heure les principes de toute ma vie ? — Vais-je lutter contre l'amour et traîner dans les pleurs ma jeunesse inutile ? — Vais-je ouvrir ma porte aux joies inconnues, aux voluptés ignorées qui m'apparaissent ? Vais-je enfin installer l'adultère au foyer conjugal ?... »

Non... De tout ce que nous venons d'écrire, Marguerite ne se disait pas un mot.

Elle se répétait encore et toujours :

— J'aime... et je suis aimée.

C'était tout !...

Cependant les minutes s'écoulaient, et les minutes sont des siècles dans une position pareille à celle de nos personnages.

Il sembla tout à coup à la jeune femme qu'Henry venait de faire un mouvement léger.

Etait-ce le sentiment de la vie qui revenait, ou bien l'équilibre qui manquait au corps évanoui ?...

Dans le doute, Marguerite se pencha vers Henry et approcha sa joue de la bouche du jeune homme, afin qu'elle fût effleurée par le souffle qui s'échappait de ses lèvres.

Ce souffle était égal et doux.

A coup sûr l'évanouissement allait finir.

Marguerite voulut se reculer, mais elle n'en eut pas le temps.

Déjà les paupières d'Henry se soulevaient, — ses yeux se fixaient avec une expression d'étonnement profond, puis d'ardeur délirante, sur la jeune femme agenouillée...

— Je rêve, — se dit Henry Varner, dont les souvenirs étaient confus et la tête troublée comme le sont la tête et les souvenirs de quelqu'un qui sort d'un profond sommeil, — mais ce rêve est si doux que je voudrais ne m'éveiller jamais !...

En même temps il nouait ses bras autour de la taille de Marguerite qu'il attirait contre son cœur après une faible résistance, et aux lèvres de laquelle il unissait ses lèvres, en murmurant d'une voix à peine distincte :

— Oh ! comme je t'aime !... comme je t'aime !...

Ce baiser, cet aveu, produisirent sur Marguerite une sensation inouïe, — foudroyante... — elle se rejeta violemment en arrière, pâle, les yeux en pleurs, en poussant un cri tout à la fois de terreur et de volupté.

Avec la promptitude de l'éclair elle s'était souvenue des caresses détestées de son vieux mari, et elle s'était dit :

— Un baiser !... voilà donc ce que c'est qu'un baiser !...

En même temps Henry murmurait :

— Non, je ne rêvais pas !... tout est vrai... tout est réel... ! C'est elle, c'est bien elle qu'à l'instant je tenais dans mes bras... c'est elle à qui j'ai dit:
— Je t'aime...

A cette minute précise M. de Ferny apparut au tournant du sentier, avec le domestique marchant derrière lui, et il s'écria :

— Nous voici !... nous arrivons !...

Le pauvre commandant arrivait un peu tard !...

XIII

En entendant la voix de son mari Marguerite ressentit une violente commotion.

Du haut de son rêve inachevé, la pauvre enfant retombait brusquement dans la réalité froide et désespérante...

Tout le sang de ses veines reflua vers son cœur, à tel point que ses lèvres devinrent blanches.

— Ah! — se dit-elle, — je suis perdue!...

L'effet produit sur Henry par l'apparition du commandant fut de lui rendre à l'instant même ses souvenirs un instant effacés.

Il crut se retrouver encore suspendu par une seule main aux branches trop faibles du buisson, — il les entendit craquer et les sentit se rompre sous son poids.

Pour la seconde fois depuis moins d'une demi-heure, il éprouva l'horrible sensation du vide, et de la chute à travers l'espace, et il fut au moment de tomber dans une nouvelle défaillance.

Mais il fit un appel désespéré à toute son énergie ; il réussit à dompter le vertige par un effort surhumain ; il se souleva et il voulut se tenir debout.

Ses nerfs et ses muscles ébranlés refusèrent de le soutenir, — il retomba sur ses genoux.

Marguerite, immobile à côté de lui, n'osa lu-venir en aide.

— Oh ! les femmes ! les femmes ! — dit M. de Ferny avec impatience, en s'arrêtant près des deux jeunes gens, — à quoi sont-elles bonnes, je vous le demande ? — Que diable fais-tu là, ma pauvre Marguerite, plantée sur tes jambes sans plus bouger qu'une figure de bois ? — Ne pouvais-tu pas tendre les deux mains à notre ami et lui dire de s'appuyer sur toi ? Pourquoi ne l'as-tu point fait ?

La jeune femme ne répondit pas.

Le commandant reprit, en s'adressant à Henry :

— Enfin, vous voilà sain et sauf, vous, mon cher garçon, et c'est l'essentiel !... Mordieu ! vous devez une fière chandelle au coup de vent qui a jeté cinq ou six pieds de neige au fond de ce trou !... — Sans ce matelas naturel, il ne restait pas de toute votre personne un morceau gros comme une côtelette qui ne fût en capilotade !... — Vous avez trop de

chance!... une vraie chance de pendu!... Ne vous
mariez pas, il vous arriverait malheur en ménage!...
On ne peut point réussir en toute chose ni gagner
à tous les jeux ! — Dégringoler depuis là-haut ! —
rien que d'y penser ça me donne le mal de mer!...
— et vous retrouver en bas sans rien de cassé!...
— En voilà une anecdote à mettre dans les ga-
zettes !... — D'abord, moi, en rentrant à la maison,
je la rédigerai pour le *Journal de la Haute-Saône*...
— Maintenant, parlons peu, mais parlons bien...
— Comment vous sentez-vous?...

— Bien, mon cher commandant, aussi bien que
possible...

— Qu'éprouvez-vous?...

— Un fort mal de tête, — un reste de vertige, —
une grande faiblesse...

— Et c'est tout?...

— Oui... je le crois...

— Point de douleur dans la poitrine ni dans l'es-
tomac ?

— Non.

— Respirez de toutes vos forces!

— C'est fait.

— Vous ne souffrez pas?...

— En aucune façon.

— Alors, tout est pour le mieux... — Au régiment,
quand un homme était lancé à quinze pas par un
cheval méchant, le chirurgien-major examinait

d'abord si l'homme en question n'avait rien de dé-
térioré, ni bras ni jambes, ni pieds ni pattes...
ensuite il le faisait respirer... — Quand l'homme
respirait librement et sans douleur, le chirurgien-
major lui disait : — *Tu n'as point de mal,* — *va faire
panser tes écorchures et bassiner tes bosses... dans huit
jours tu n'y penseras plus...*

— J'en accepte l'augure... — répondit Henry en
souriant.

— Autre chose... — Pouvez-vous marcher?...

— Je ne sais pas.

— Nous allons essayer... — appuyez-vous d'un
côté sur moi et de l'autre sur Pierre...— là, levez-
vous, nous y voici... — Ça va-t-il un peu?...

— Je remue très bien les jambes mais, si vous
me lâchiez, je sens que je tomberais.

— Nous ne vous lâcherons pas, soyez tranquille.
— Maintenant, soutenu par nous, tâchez d'avancer
tout doucement.

— Comme cela?

— Oui. Eh! mon Dieu, ça ira... — Nous ne mon-
terons pas vite, — mais ça sera toujours plus commode pour vous que d'être porté par les jambes et
par les épaules.

Henry partageait cette opinion; aussi fit-il un
appel à toute son énergie afin de diminuer autant
que cela dépendrait de lui la tâche difficile de M. de
Ferny.

II.   9

A moitié traîné, à moitié porté par les deux hommes, il vint à bout, après une ascension si lente qu'elle dura plus d'une demi-heure, d'atteindre l'orifice du Fray-Puits.

Là on étendit par terre le manteau du commandant, et le jeune homme épuisé s'assit, ou plutôt s'étendit sur ce tapis improvisé, pendant que le domestique allait chercher sur la grande route le cheval et le traîneau qu'il amenait à travers champs jusqu'à l'endroit où se trouvait Henry.

De Fray-Puits à Vesoul, le voyage se fit sans encombre.

M. de Ferny avait pris place sur le siège, Marguerite et Henry occupaient, par conséquent, le fond du traîneau.

Pendant toute la durée du trajet ils n'échangèrent pas une parole, et pas une seule fois les yeux de Marguerite ne se levèrent sur ceux d'Henry.

A quoi donc pensait la jeune femme?

Elle pensait à l'ardent baiser dont elle croyait sentir encore la marque de feu sur sa lèvre...

*
* *

Le traîneau s'arrêta dans la cour de la maison qu'habitait Henry Varner.

Marguerite regagna seule son logis, tandis que le vieillard et le domestique aidaient le jeune homme à gravir l'escalier qui conduisait au premier étage, le déshabillaient et le mettaient dans son lit.

A peine Henry était-il couché, qu'une fièvre assez forte se déclara.

Le commandant courut chercher un médecin auquel, chemin faisant, il raconta les incidents que nous connaissons, — ceux du moins qu'il connaissait lui-même.

En entendant parler de l'horrible chute d'Henry Varner, le médecin hocha la tête à plusieurs reprises.

— Mais puisqu'il n'a rien de cassé ! — s'écria M. de Ferny.

— Nous allons voir... nous allons voir... — répondit le docteur.

— Monsieur ne sait plus ce qu'il dit... — Telle fut la première parole du domestique en ouvrant la porte.

En effet, aussitôt après la sortie du commandant, Henry s'était pris à délirer.

Dans ce délire il lui semblait recommencer, sans trêve et sans relâche, sa dégringolade au fond du gouffre.

On voyait que ses mains crispées se cramponnaient à des broussailles imaginaires.

Une sueur abondante coulait de son front ; il prononçait d'une voix haletante des paroles entrecoupées et indistinctes, parmi lesquelles revenait de temps à autre le nom de Marguerite.

En entendant ce nom, répété à plusieurs reprises, le médecin eut aux lèvres un sourire sardonique, bien vite dissimulé et que ne remarqua point le commandant.

— Il parle de ma femme, le pauvre garçon, — dit ce dernier, — et c'est tout naturel, puisque c'est en cherchant à cueillir une fleur dont elle avait envie qu'il a fait sa dégringolade...

— Rien de plus naturel, en effet, — répliqua le médecin.

— Comment le trouvez-vous, docteur? — demanda M. de Ferny au bout d'un instant.

— Très mal.

— Comment !... comment, très mal?... il y a du danger?

— Beaucoup.

— Est-ce que je me serais trompé?... Est-ce que vous constateriez quelque fracture à l'intérieur?

— Aucune.

— Eh bien, alors, que craignez-vous donc?

— Je crains que l'ébranlement nerveux produit par la chute ne détermine le tétanos.

— Le tétanos ! — répéta M. de Ferny consterné. — Mais, docteur, le tétanos est presque toujours mortel...

— Comme vous dites, presque toujours.

— Docteur, il est impossible de laisser mourir ce malheureux jeune homme sans essayer de le sauver.

— Que faut-il faire ?

— Lui mettre de la glace sur la tête.

— Et voilà tout ?

— Oui, pour le moment.

— Quand reviendrez-vous ?

— Ce soir.

Le médecin sortit en se disant :

— Ce pauvre commandant, il s'intéresse à l'amant de sa femme comme au plus proche et au plus cher de ses parents. — Ma parole d'honneur il y a des grâces d'état... — Oh ! les maris !...

Ajoutons en passant que le médecin en question était marié, et que moins qu'un autre peut-être il avait le droit de rire des maris.

M. de Ferny laissa pour un instant le domestique auprès du malade, et sortit pour commander qu'on apportât chez Henry des seaux de glace.

Cet ordre donné, il poussa jusqu'à sa maison, en marchant aussi vite qu'un sanglier à qui les chiens soufflent au poil.

Il trouva Marguerite les cheveux dénoués, — le visage pâle, — frissonnant et fondant en larmes.

La réaction s'opérait, — la pauvre enfant n'envisageait plus son amour qu'avec terreur et avec désespoir.

— Pleure, — pleure... — lui dit le commandant avec violence, — il est bientôt temps de pleurer, maintenant que par ta faute Henry va mourir...

Marguerite, accroupie dans l'une des chauffeuses du salon, se releva d'un bond en entendant ces mots, et fixa sur son mari un regard dont l'expression épouvantée était effrayante.

— De qui parlez-vous? — s'écria-t-elle, — qui donc va mourir?

— Henry.

Marguerite secoua la tête.

— C'est impossible... — murmura-t-elle.

— Eh! je le croyais comme toi, — répliqua M. de Ferny, — mais le médecin m'a prouvé que je n'étais qu'un âne... — il craint le tétanos, et le tétanos tue son homme aussi vite qu'un coup de fusil... — il n'y a point de remède. — De la glace sur la tête, c'est tout... — Henry a une fièvre épouvantable, et le bon sens n'y est plus... — il parle de toi et d'un tas de choses auxquelles on ne comprend goutte... — J'y retourne... — ne m'attends pas pour dîner... — je passerai la soirée auprès de lui... j'y passerai la nuit, — j'y resterai jusqu'à ce que le pauvre garçon soit mort ou hors de danger... — Hélas! j'ai bien peur qu'il ne sorte plus de sa maison que les pieds en avant et cloué dans un cercueil... — et tout cela, parce que que tu as eu l'idée bête d'aller faire attention à une abominable

fleur jaune!... — Tiens, vois-tu, avec leurs fantaisies ridicules, les femmes sont cause de plus de
malheurs qu'un boulet de quarante-huit au milieu
d'un escadron!...

Après avoir formulé cette comparaison, sur la
parfaite justesse de laquelle il n'avait pas l'ombre
d'un doute, le commandant s'en alla brusquement
comme il était venu.

XIV

Marguerite restée seule cacha sa tête dans ses deux mains et se mit à sangloter avec amertume. — Son cœur sautait dans sa poitrine comme un oiseau captif, — ses gémissements l'étouffaient.

Ver cinq heures, sa domestique vint lui dire que le dîner était prêt.

Elle ne lui répondit point, — elle ne l'entendit même pas.

Les heures passèrent, — la nuit était venue, — la jeune femme n'avait ni feu, ni lumière, et ne songeait guère à en demander.

De minute en minute elle se répétait :

— Peut-être en ce moment, il meurt !...

Elle avait espéré d'abord que le commandant lui ferait donner des nouvelles.

Mais ces nouvelles tardaient trop à venir, et l'angoisse de Marguerite devenait un véritable supplice.

Enfin, vers dix heures, n'y tenant plus, elle s'enveloppa dans un châle ; elle attacha un chapeau sur ses cheveux renoués à la hâte ; elle prit le chemin de la maison où demeurait Henry et où elle arriva sans avoir rencontré personne.

Elle savait que le logement du jeune homme était situé au premier étage. — Elle monta l'escalier en chancelant ; d'une main tremblante elle sonna à la porte.

Le domestique vint ouvrir, et manifesta quelque surprise en l'apercevant.

— Mon mari est là, n'est-ce pas ? — lui demanda-t-elle.

— Oui, madame.

— Dites-lui, je vous prie, que je voudrais lui parler...

Le commandant arriva dans l'antichambre.

— Toi ici ! — s'écria-t-il, — qu'y viens-tu faire ?

— Vous demander des nouvelles, puisque vous ne m'en envoyez pas.

— Il ne va ni mieux ni plus mal... — Le médecin est venu tout à l'heure... il pense qu'on ne pourra rien savoir de nouveau avant demain matin... Il faut continuer la glace sur la tête... sans cesser une minute.

9.

— Eh bien, — dit Marguerite avec une résolution soudaine, — je veillerai cette nuit près de vous.

— Toi!... Par exemple!... — Il me semble que ça ne serait pas convenable...

— Pourquoi donc? — Est-ce que les sœurs de Charité ne passent pas les nuits au chevet des malades? — D'ailleurs vous serez là...

— Au fait, tu as raison... reste si tu veux... — il ne faut guère compter sur le domestique, qui dormait déjà tout à l'heure... — Si le sommeil s'empare de moi pendant un moment, tu me remplaceras pour la glace. — Allons, viens...

M. de Ferny fit entrer Marguerite dans la chambre d'Henry, doublement éclairée par une lampe et par les lueurs d'un grand feu.

Sur le rebord extérieur de la fenêtre se trouvait un seau rempli de glace. — Toutes les cinq minutes il fallait envelopper dans une serviette trois ou quatre morceaux de cette glace et les poser sur le front d'Henry, où ils se fondaient rapidement.

Le jeune homme avait les yeux largement ouverts; — ses regards, que le délire rendait étincelants, offraient une expression vague et égarée.

Marguerite s'approcha du lit.

— Il ne te reconnaît pas, — dit le commandant; — essaye de lui parler, tu verras qu'il ne te répondra point.

— Monsieur Henry, — balbutia Marguerite, — est-ce que vous m'entendez ?

Henry fit un faible mouvement de tête, et ses yeux se tournèrent du côté d'où venait la voix ; mais à coup sûr les paroles prononcées n'avaient offert à son esprit aucun sens.

La jeune femme s'assit près du feu et, les yeux fermés, parut s'assoupir. — Mais elle ne dormait pas, elle pensait.

Un peu après une heure du matin, le commandant lui dit :

— Marguerite...

— Mon ami ? — répondit-elle.

— Je sens que le sommeil me gagne irrésistiblement, — veille sur le malade pendant une heure, et fais bien attention de remplacer la glace aussitôt qu'elle sera fondue.

Cette recommandation faite, le commandant s'assit, — appuya sa tête au dossier de son fauteuil, et au bout d'une minute il dormait.

La jeune femme alors quitta son siége et se tint debout au pied du lit afin de mieux surveiller le bandeau glacé, — et, tandis que ses regards étaient fixés sur le linge d'où l'eau coulait goutte à goutte, elle se répétait :

— Il vivra, je veux qu'il vive...

Tout à coup les lèvres d'Henry s'agitèrent et lais-

sèrent échapper quelques sons vagues et inarticulés.

Madame de Ferny se pencha vers le jeune homme
pour écouter.

Elle entendit d'abord son nom répété deux fois.

— Marguerite... Marguerite... — disait le malade.

Puis ses lèvres s'agitèrent encore, mais elles ne
produisirent plus qu'un murmure indistinct, —
dans lequel l'oreille attentive de la jeune femme
devina pourtant ces mots :

— Marguerite... je t'aime...

XV

« J'aime à croire, mon cher ami, que depuis
deux mois ou environ, ne recevant de moi aucune
espèce de lettre, après les incommensurables épîtres
dont j'avais pris l'habitude de t'accabler, tu t'es
demandé ce que je devenais et quelle impérieuse
occupation m'absorbait assez complètement pour
ne point me permettre de te donner de mes nouvelles...

» Veux-tu savoir ce que je faisais?

» Je m'occupais à mourir, et c'est un ressuscité
qui t'écrit.

» J'ai passé cinq semaines entre la vie et la
mort, — beaucoup plus près de la mort que de la
vie. — Depuis quinze jours, ma convalescence est
commencée...

» Aujourd'hui le médecin, qui m'avait défendu tout travail et toute application, me permet de prendre la plume.

» J'en profite pour t'écrire.

» Figure-toi que je vais te raconter l'histoire d'un homme tombé du haut en bas de la colonne Vendôme, et fais provision d'étonnement! — Voici ce qui s'est passé... »

Henry Varner entrait ici dans tous les détails que nous avons reproduits pendant le cours de nos précédents chapitres.

Puis il continuait :

» Le médecin avait annoncé le tétanos.

» Il se trompait, mais de bien peu de chose; — au lieu du tétanos prédit, ce fut la fièvre cérébrale qui se déclara.

» Après un ébranlement pareil à celui que j'avais subi, tout autre à ma place aurait succombé, tant était terrible le combat que me livrait la fièvre... — mais je ne pouvais pas mourir, puisque mon bon ange veillait sur moi!...

» Ce bon ange, tu le comprends, c'était Marguerite!!

» La chère enfant a passé bien des nuits au chevet de mon lit... — c'est à elle que je dois ma guérison.

» Hélas!... et à son mari, car le commandant ne me quittait pas plus que sa femme, et il m'a prodigué les soins dévoués et tendres qu'un père n'a pas toujours pour son fils ! !

» L'affection profonde et sincère que ressent pour moi ce vieillard, et le prix dont je veux payer cette affection, m'inspirent de douloureux remords !...

» L'impétuosité de ma passion pour Marguerite peut bien m'étourdir, — elle ne m'empêche pas d'entendre par moment la voix de ma conscience qui ne crie qu'il est lâche de tromper qui nous aime !...

» Malheureusement, la passion est plus forte que la conscience. — Pour Marguerite je ferais tout, s'il le fallait, même un crime.

» La confiance, ou plutôt l'aveuglement de M. de Ferny, est d'ailleurs sans limites et va jusqu'à l'invraisemblance.

» Ainsi, pendant le cours de ma maladie, dans les accès d'un délire continuel, je répétais sans cesse à ce qu'il paraît le nom de Marguerite, et cela avec une expression pleine d'ardeur et d'enivrement...

» Le commandant m'entendait, — il m'en a parlé lui-même, — et pourtant il n'a rien compris, — il n'a rien deviné !...

» D'où vient donc que cette âme est inacessible à la jalousie ?...

» Mon amour éclate en toute chose, et celui de Marguerite ne parvient guère à se cacher malgré les efforts de la pauvre enfant ; — car je suis aimé, mon ami, je suis aimé !...

» Le péril que je viens de courir m'a livré ce cœur ingénu qui sans doute, en d'autres circonstances, aurait longuement et vaillamment résisté !...

» L'âme de Marguerite est à moi désormais ; — l'heure où Marguerite m'appartiendra tout entière n'est pas loin...

» J'avais trop présumé de mes forces renaissantes.

» Cette lettre, déjà longue, vient de m'épuiser... — La plume tombe de mes mains... — Je ne puis que te dire :

      » A toi,

                    » H. V. »

*
* *

Un intervalle de trois semaines s'écoula entre le moment où Henry Varner écrivait le billet que nous venons de reproduire, et le jour où il jetait à la poste la lettre suivante :

« Te souviens-tu, mon ami, de l'une des dernières phrases de ma dernière lettre ?

» *L'heure où Marguerite m'appartiendra tout entière n'est pas loin !...* te disais-je.

» Je ne me trompais point, car cette heure est venue...

» Je suis l'amant de Marguerite...

» Ma joie est sans bornes... mon bonheur est immense, — et cependant je ne sais quelle amertume se mêle à mon extase... Malgré moi, je plains le pauvre ange déchu qui vient de voir tomber ses ailes... — je pleure sur la femme bien-aimée qui s'est donnée à moi...

» Quel sentiment étrange, n'est-ce pas?

» Pourquoi cette lie au fond de la coupe des félicités humaines ?

» Le rêve de ma vie est accompli.....—Pourquoi cette tristesse vague dans mon ivresse rayonnante ?

» Depuis le jour de ma chute au fond de l'abîme de Fray-Puits, nous savions bien, Marguerite et moi, que nous nous aimions. — Nos deux cœurs n'avaient rien de caché l'un pour l'autre, mais jamais une parole d'amour ne s'échappait de nos lèvres.

» J'étais heureux de cette muette entente de nos âmes, de cette communion de nos pensées... — Je voyais bien, d'ailleurs, que ma réserve et que mon silence rassuraient Marguerite et, la mettant en paix avec sa conscience, lui permettaient de m'aimer sans remords et pour ainsi dire avec calme.

» Entre deux jeunes gens éperdument épris l'un de

l'autre, cette situation ne pouvait rester longtemps telle que je viens de la dépeindre ; — mais je ne faisais rien, je l'avoue, pour hâter un dénoûment certain.

» Chaque jour, ainsi que j'en avais pris l'habitude, dès que ma guérison complète et mes forces revenues m'ont permis de sortir, j'allais passer mes soirées dans la maison du commandant, où les regards involontairement expressifs de ma bienaimée servaient de délicieuse compensation aux interminables parties d'échecs qu'il me fallait subir.

XVI

» Avant-hier au soir je remarquai, en arrivant,
que Marguerite était plus pâle que de coutume et
qu'elle faisait sur elle-même de violents efforts
pour paraître calme, tandis que son attitude et ses
moindres gestes décelaient une violente agitation
intérieure.

» Qu'était-il arrivé?

» Je l'ignorais, et je ne pouvais le deviner. —
M. de Ferny n'en savait évidemment pas plus que
moi, et ne remarquait même point le trouble si
manifeste de sa femme.

» Il riait et plaisantait comme de coutume, avec
cette lourdeur et cette vulgarité qui le caractérisent
dans presque toutes les circonstances de la vie.

» Très inquiet de l'étrange agitation de Marguerite et de l'obstination avec laquelle ses regards semblaient éviter les miens, j'aurais donné tout au monde pour pouvoir me trouver seul avec elle pendant un instant et l'interroger ; mais les choses semblaient prendre justement le contre-pied de mes désirs, et le commandant, qui ne manquait jamais de sortir une ou deux fois du salon dans l'après-dîner, pour aller chercher du tabac, un journal ou tout autre objet, parut prendre à tâche de ne pas quitter le fauteuil sur lequel il était cloué.

» Cette constante préoccupation qui m'accablait me fit trouver la soirée horriblement longue.

» Enfin, la dernière partie s'acheva.

» Onze heures sonnaient. — Je mis mon paletot, je pris mon chapeau et je me préparai à partir.

» Chaque soir, au moment de mon départ, le commandant sort le premier du salon avec la lampe, afin de m'éclairer dans l'escalier.

» Il agit ce jour-là comme les autres jours.

» A peine avait-il franchi le seuil que Marguerite s'approcha vivement de moi, me glissa dans la main un petit papier plié en huit, et se recula en mettant son doigt sur sa bouche pour me faire la recommandation bien inutile de garder le silence.

» Je faillis, je l'avoue, tomber de mon haut!... — Je ne pouvais en croire mes yeux. — J'accusais d'inexactitude le témoignage de mes sens!

» Marguerite!... la naïve et pure Marguerite, agissant comme une coquette émérite, — m'écrivant, — me mettant son billet dans la main en présence et presque sous les yeux de son mari, avec un aplomb inouï, avec une rouerie consommée!...

» C'était invraisemblable... c'était impossible! — et cependant c'était réel!...

» J'en avais la preuve entre les doigts!...

» Je cachai le mystérieux petit papier dans la poche de mon gilet, et je pris congé du commandant avec la plus extrême précipitation... — Je ressentais une telle hâte de connaître le contenu du billet de Marguerite, qu'aussitôt que je me trouvai dans la rue je me mis à courir du côté de chez moi, car chez moi seulement je pourrais satisfaire ma dévorante curiosité.

» A Paris, à onze heures du soir, je serais entré dans un café, — je me serais arrêté devant une boutique, — ou même, au besoin, sous un bec de gaz... — et j'aurais lu...

» Mais les boutiques étaient fermées, — les cafés pareillement, et Vesoul n'est point encore éclairé au gaz!...

» J'arrivai comme un ouragan à la porte de la maison que j'habite, — je gravis mon escalier comme un éclair, — j'ouvris ma porte comme une trombe, — je maudis cent fois mes allumettes qui ne s'embrasaient pas assez vite, et la mèche de la

bougie neuve que la cire fondante empêchait de
s'enflammer.

» Enfin, j'eus de la lumière.

» Je déployai le papier et je lus, avec des sensations que tu comprendras sans qu'il soit nécessaire
de te les détailler, les lignes suivantes que je copie
textuellement :

« Demain matin, à l'heure habituelle de la sortie
» de mon mari, venez... je serai seule et je vous
» attendrai. — J'ai à vous dire quelque chose qui
» ne souffre point de retard. — Un grand malheur
» est au moment de fondre sur nous. — Il faut
» l'éloigner à tout prix, car il menace non seule-
» ment nous, mais encore le repos de l'honnête
» homme qui m'a donné son nom. »

» Aucune signature ne suivait ces lignes, tracées d'une très jolie et très fine écriture, acciden-
tellement tremblante.

» Pendant toute la nuit il me fut impossible
de fermer l'œil. — Je lus et je relus vingt fois
ce billet dont le contenu était si différent de ce que
j'avais rêvé. — Nulle trace de tendresse ne s'y mon-
trait sous la glaciale froideur de la forme. — Une
seule expression, le mot *nous*, deux fois répété,
semblait attester qu'il y avait quelque chose de
commun entre Marguerite et moi.

» La pauvre enfant avait écrit sous le coup d'une
angoisse évidente. — Cette angoisse m'expliquait

sa préoccupation, son trouble, son embarras de la soirée précédente, — mais ne me donnait en aucune façon le mot de l'énigme.

» Ce malheur mystérieux, suspendu sur nos têtes et pouvant frapper en même temps que nous le commandant, quel était-il?. .— quel pouvait-il être?...

» J'avais beau chercher, — je ne trouvais rien ; — mon esprit s'égarait dans un dédale de conjectures toutes plus invraisemblables les unes que les autres, et parmi lesquelles il ne s'en présentait aucune qui pût raisonnablement me paraître acceptable.

» Cette longue insomnie, cette inutile poursuite d'un sphinx insaisissable, me donnèrent une fièvre violente, accompagnée d'une telle surexcitation nerveuse que j'eus, pendant un instant, la crainte de voir se renouveler ma récente maladie.

» Le jour parut enfin, et je me sentis un peu soulagé par cette seule pensée que la solution de l'énigme était proche.

» Depuis le commencement de l'hiver un léger changement s'était fait dans les habitudes domestiques de M. de Ferny.

» La paresse du soleil, qui s'obstinait à ne pas se lever de bon matin, empêchant le commandant d'aller à la pêche à son heure habituelle, le déjeuner avait été reculé jusqu'à onze heures et demie, afin de laisser à la séance du bord de la rivière une confortable durée.

» En allant à la petite maison de la rue de la Préfecture à neuf heures et demie, j'étais donc certain d'avoir avec Marguerite un tête-à-tête de deux heures.

» Je sortis de chez moi en proie à un très grand trouble d'esprit et sans aucune intention arrêtée d'avance de tirer parti de l'entrevue que ma bien-aimée elle-même me ménageait pour la première fois.

» Mon unique pensée, je te l'affirme, était d'apprendre ce que Marguerite avait à me dire, et de savoir si le malheur redouté par elle offrait bien toute l'importance qu'elle semblait lui prêter.

» J'arrivai à la porte de la maison du commandant.

» Tandis que je tirais le cordon de la sonnette, mon cœur battait à m'étouffer.

» Marguerite elle-même vint m'ouvrir. — Je compris qu'elle avait éloigné la domestique pour se trouver seule avec moi, ainsi qu'elle me l'avait annoncé dans son billet.

» Son visage était entièrement décomposé par l'émotion.

» — Entrez ! — me dit-elle, — entrez vite !...

» Et elle referma la porte derrière moi.

» Marguerite me conduisit dans sa chambre.

» Là, elle se laissa tomber sur un siège, et elle murmura avec une expression désespérée :

» — Nous sommes perdus !

» — Voyons, — m'écriai-je, — qu'y a-t-il?... qu'est-il arrivé? — Si quelque danger sérieux vous menace, vous savez bien que je me jetterai en avant pour l'empêcher d'arriver jusqu'à vous...

» — Je ne le sais que trop, — balbutia la pauvre enfant, — et d'autres aussi le savent... et c'est justement ce qui nous perd !...

» — Je ne vous comprends pas... que voulez-vous dire et que peut-on savoir?

» — Ecoutez, — poursuivit Marguerite, — et ne me méprisez pas trop quand vous saurez quelle vilaine action j'ai commise ! Hier matin, pendant que mon mari était absent la domestique, qui ne sait pas lire, entra dans ma chambre en me disant : «— *Madame, le facteur vient de venir, voici une lettre.*» — Je pris cette lettre, et j'en regardai machinalement la suscription. — L'adresse, tracée par une main qui voulait rester inconnue, était écrite en caractères pareils à ceux des imprimés... elle portait ces mots : *Monsieur le Commandant, comte de Ferny,* et un peu plus bas, ceux-ci : POUR LUI SEUL... — cette dernière indication en gros caractères. — La lettre était cachetée de trois cachets rouges reproduisant en creux l'empreinte d'une pièce de vingt francs. — Sans savoir pourquoi, je me mis à trembler ; cette lettre me faisait peur. — J'aurais donné des années de vie pour en connaître le con-

tenu avant de la remettre à mon mari...—L'idée me
vint de briser les cachets, et de lire. — Je repoussai
cette idée avec indignation et avec dégoût. — Mais
bientôt elle m'assaillit de nouveau, et à tant de
reprises, et si fortement, que je n'eus pas la force
de résister... — Je rompis la cire, — je déchirai
l'enveloppe, — je lus... — Tenez, rien qu'en vous
racontant cela, je suis rouge de honte... — Ce que
j'ai fait est bien coupable, et pourtant je ne peux
pas le regretter... — la lettre était une lettre infâme, une lettre anonyme... — Je vais vous la
donner et vous verrez... — Je pleurai d'abord, et
avec tant d'amertume, et avec une si grande angoisse, qu'il me semblait que j'allais mourir... —
Mais l'heure du retour de mon mari approchait. —
Il était indispensable de me calmer, de me remettre, d'essuyer mes larmes, de rendre à mon
visage son apparence de tous les jours, et pour moi
qui ne suis pas d'une nature fausse ou dissimulée
ce n'était point facile... — Lorsque j'en fus venue
à bout, tant bien que mal, il me fallut subir la plus
cruelle humiliation qui puisse être infligée à une
femme qui n'a point perdu le respect d'elle-même...
— J'allai trouver ma domestique dans la cuisine et
je lui dis: « *Françoise, il est inutile que monsieur sache
qu'une lettre est arrivée pour moi ce matin, — je vous
prie de n'en point parler...* » — Elle me regarda en
riant, et me répondit d'un air dégagé que jamais,

jusqu'à cette heure, elle n'aurait osé se permettre de prendre avec moi : « *C'est bon, c'est bon, madame, on se taira, — soyez tranquille...* » — Ainsi, me voilà à la discrétion de cette fille, avec laquelle je partage un secret et qui croit... — Mais que ne croit-elle pas? et, selon toutes les apparences, que n'a-t-elle pas le droit de croire?... Mon Dieu!... mon Dieu!... qu'ai-je donc fait pour mériter cela?

» Marguerite, suffoquée par la douleur, cacha son visage dans ses deux mains et se mit à pleurer.

» Au bout d'un instant, je murmurai :

» — Et cette lettre?...

» Marguerite se leva brusquement... — elle ouvrit un petit meuble, — elle en tira un papier à demi broyé par ses mains fiévreuses et sur lequel se voyaient encore des traces de cire rouge, — elle me le tendit, et elle se laissa tomber dans le fauteuil qu'elle venait de quitter.

» Je défripai le papier et j'en parcourus le contenu.

XVII

» Jamais plus immonde ramassis d'obscènes
calomnies ne tomba d'une plume éhontée!... —
Le misérable auteur anonyme de la lettre avait
concentré et figé en quelque sorte la quintessence
de toutes les infamies que peuvent inventer, dans
les accès de leur rage bavarde et malfaisante, des
bourgeois désœuvrés de petite ville.

» En voici le résumé en quelques mots :

» On affirmait au commandant que, depuis bien
des mois, tout le monde savait dans la ville que
j'étais l'amant de sa femme. — On entrait, à propos de mes prétendues relations avec Marguerite,
dans les détails les plus licencieusement orduriers.

» On ajoutait que M. de Ferny, en faisant avec un

cynisme sans exemple le honteux métier de *mari complaisant*, crachait sur le blason de ses ancêtres et foulait aux pieds le ruban de la Légion d'honneur qui s'attachait à sa boutonnière.

» On finissait en disant qu'on serait curieux d'apprendre de combien les revenus d'un jeune homme aussi riche que M. Henry Varner augmentaient la pension de retraite du vieux commandant.

» Tu vois que ces abominables accusations reculaient les bornes de l'infamie!...

» La lettre me tomba des mains. — En cherchant pendant ma nuit sans sommeil de quel malheur Marguerite voulait parler, je n'avais rien pu prévoir de semblable...

» La pauvre enfant releva la tête et fixa sur moi le regard de ses yeux mouillés de larmes.

» — Eh bien, — murmura-t-elle, — vous avez lu?...

» — Oui.

» — Qu'en dites-vous?

» Pour toute réponse, j'écrasai la lettre anonyme sous le talon de ma bottine.

» Puis je m'écriai :

» — Ah! si je tenais à cette même place celui qui l'a écrite !...

» — Qu'allons-nous faire? — demanda Marguerite. — Il ne se lassera pas, ce lâche inconnu qui

10.

frappe dans l'ombre... — Ce qu'il a commencé, il
le continuera... — et je ne serai pas toujours là,
entre la calomnie et mon mari... et, quelque
jour, une lettre pareille à celle-ci, arrivant jusqu'à
lui, le tuera!... — Et puis, quelle existence sera la
mienne désormais sous le coup des terreurs conti-
nuelles qui vont m'obséder!... — Je n'aurai plus
une minute de repos, plus une heure de sommeil!...
— Je mourrai à la tâche!...

» En prononçant ces dernières paroles, Marguerite s'était animée à tel point que son exaltation
m'effrayait.

» — Au nom du ciel, — m'écriai-je, — calmez-
vous, je vous en supplie!... je saurai parer au
danger... je l'empêcherai de vous atteindre...

» — Et comment ferez-vous? — balbutia-t-
elle.

» — Vous n'ignorez pas que pour vous je donnerais ma vie... — Eh bien, s'il le faut, je vous
donnerai plus que la vie de mon corps... — je
vous immolerai la vie de mon âme et de mon
cœur... — je me condamnerai volontairement à
vous perdre... — j'imposerai silence aux calomnies
par le seul moyen qui soit en mon pouvoir... —
je partirai pour ne plus revenir...

» — Vous partirez? — répéta Marguerite en se
levant et avec une expression déchirante. — Vous
partirez?...

» — Si c'est nécessaire pour votre repos et pour votre bonheur, mon dévouement ira jusque-là!...

» Les forces de Marguerite s'étaient épuisées dans les indicibles angoisses qui la torturaient depuis la veille. — Ses nerfs surexcités doublaient pour elle la violence de toutes les émotions.

» Elle ne put se contenir.

» En proie à une sorte de fiévreux délire, — emportée par un irrésistible instinct auquel elle obéissait sans résistance possible, elle jeta ses deux bras autour de mon cou, elle appuya sa tête sur mon épaule, en murmurant à travers ses larmes jaillissantes :

» — Oh! ne partez pas!... quoi qu'il arrive, ne partez pas!... — Mon Dieu... mon Dieu... si vous partez, que voulez-vous que je devienne, moi?...

» Je relevai doucement la tête de Marguerite, et je séchai ses larmes avec mes baisers...

» Ici la plume me tombe des mains, mon ami...

» Ecrire une ligne de plus serait profaner l'amour pur et divin, quoique illégitime, que Marguerite m'inspire et qu'elle ressent pour moi!...

» Ma bien-aimée m'appartient tout entière... — Elle est à moi corps et âme...

» Je suis heureux!...

» Ce bonheur durera-t-il longtemps?... — Je l'ignore, et, sans savoir pourquoi, j'ai peur... — Oui, je te le répète, j'ai peur.

» Tout à toi, cher ami,

» H. V. »

Cette lettre était la dernière que dût écrire Henry Varner à son correspondant parisien, — et, à partir de ce moment, les événements allaient se presser de telle sorte que notre récit aura peine à les suivre.

*
* *

Quinze jours environ s'écoulèrent.

Aucun changement n'était survenu dans la manière d'être du commandant avec Henry.

Un matin, on sonna à la porte de ce dernier qui n'était pas encore levé.

La vie est pleine de pressentiments bizarres et inexplicables !... — Henry tressaillit au coup de la sonnette.

Le domestique, après avoir ouvert la porte de l'antichambre, vint avertir son maître que M. de Ferny demandait à le voir.

— Nous nous sommes quittés hier soir à onze heures ! — pensa Henry, — qu'a-t-il à me dire ?

Puis il répondit :

— Prévenez M. de Ferny que je suis encore dans

mon lit, mais que cependant, s'il veut entrer, je suis prêt à le recevoir.

A travers la porte le commandant entendit cette réponse :

— Eh pardieu! mon cher ami, — dit-il, — cela m'est bien égal que vous soyez au lit... — J'entre... — me voilà...

Il s'approcha du jeune homme complètement rassuré par ce ton amical, et lui serra cordialement la main.

Le domestique mit du bois sur le feu et sortit.

M. de Ferny traîna un fauteuil auprès du lit et s'assit.

— Par quel hasard n'êtes-vous pas à la pêche ce matin, mon cher commandant? — demanda Henry.

— Ce n'est point par hasard, mon cher enfant...

— Pourquoi donc alors ?...

— Parce que j'avais à vous parler sérieusement d'une chose très sérieuse.

— Ah!... — fit Henry.

Ce début lui rendait une partie de ses appréhensions, que semblaient pourtant démentir la physionomie calme, quoique attristée, et l'attitude bienveillante du vieux soldat.

Au bout d'une seconde de silence et de réflexion, il reprit :

— Pourquoi, mon cher commandant, ne m'avez-vous pas dit un seul mot de cette chose sérieuse hier au soir ?...

— La présence de Marguerite me gênait, — il m'était impossible d'entamer devant elle l'entretien que nous allons avoir...

— Eh bien, nous voici seuls... — parlez, — je vous écoute, non seulement avec une grande attention mais encore avec une extrême curiosité...

M. de Ferny semblait fort agité ; — il quitta le fauteuil sur lequel il était assis et fit deux ou trois fois le tour de la chambre, silencieusement et en tordant ses longues moustaches.

Henry le regardait avec une inquiétude et un étonnement croissants.

— Mordieu ! — s'écria tout à coup le commandant, — c'est encore plus difficile à dire que je ne le croyais !...

Et il s'arrêta devant le lit.

— Ah çà ! — demanda le jeune homme, — que craignez-vous donc ?...

— Ce que je crains ?... — Je crains de vous blesser, mon ami...

— Me blesser, moi ?...

— Oui, vous ! profondément encore, — et j'ai grand'peur de ne pouvoir l'éviter malgré tout... — Il y a des sujets si dangereux qu'ils sont à peu près inabordables. — Mais, après tout, vous êtes un

brave garçon, pétri de cœur et d'esprit... — Peut-
être me comprendrez-vous mieux que je ne l'espère... — Écoutez-moi donc, et vous verrez que je
ne puis faire autrement...

— Autrement que quoi?...

— Attendez... — il me faut bien le temps de
m'expliquer, mordieu !...

— Prenez tout le temps que vous voudrez, mon
cher commandant, — je suis à vos ordres...

— Depuis quelques mois que vous me connaissez, — dit le vieillard en semblant faire un appel à
tout son courage, — comment m'avez-vous jugé?...
— Répondez-moi franchement, je vous en supplie,
et dans toute la sincérité de votre âme...

— Je vous ai jugé comme le meilleur et le plus
loyal de tous les hommes.

— Bien vrai ?

— Je vous en donne ma parole d'honneur !

— Vous n'avez jamais douté de mon attachement
pour vous, n'est-ce pas ?...

— Jamais ! — Autant vaudrait me demander si
j'ai douté de la lumière que je vois ! Est-ce que vous
ne m'avez pas prouvé cent fois votre affection, et
de toutes les manières, par votre bienveillance
sans bornes... par la façon dont vous m'avez ac-
cueilli dans votre maison... par les soins si tou-
chants que vous venez de me prodiguer pendant
ma maladie?...

— Alors, si vous êtes convaincu pour le passé, vous devez l'être de même pour l'avenir ?...

— A coup sûr ! '— Mais à quoi diable en voulez-vous venir ?

— A ceci : — quoi que je puisse faire, vous croirez toujours à ma tendresse pour vous ?...

— Toujours.

— Même si je vous disais que nous ne devons plus nous voir, et si je vous conjurais de quitter cette ville ?

Un tressaillement brusque agita les nerfs et les muscles du jeune homme.

Il se souleva dans son lit et, s'appuyant sur son coude, il demanda d'une voix très émue :

— Ne plus nous voir ? quitter cette ville ?... et pourquoi ?...

— Parce que le monde est bête et méchant !...

Depuis un instant Henry comprenait le but de la visite de M. de Ferny et connaissait aussi bien que lui les motifs qui le faisaient agir, mais il devait avoir l'air de tout ignorer, et il répéta :

— Le monde est bête et méchant ! — Cela est certain. — Il a de tout temps été le même, il sera le même éternellement. — Mais que nous importe ?

— Ah ! c'est que vous ne savez pas.

— Je ne sais rien, vous parlez par énigmes !... vous vous enveloppez de réticences ! et je vous demande avec instance de vous expliquer...

— Il est certaines calomnies, — reprit M. de Ferny, — certaines calomnies si honteuses et si lâches que personne ne peut les croire, et devant lesquelles le plus honnête homme cependant doit courber la tête et fuir, sous peine de leur voir mettre bien vite son honneur en lambeaux...

— Eh bien, — demanda Henry avec un calme admirablement joué, — sommes-nous dans ce cas?...

— Oui.

— On nous calomnie?

— Oui.

— Que dit-on?...

XVIII

Une ride plus profonde que toutes ses autres
rides se creusa sur le front du commandant tandis
qu'il répondait :

— On dit que vous êtes l'amant de ma femme.

— On dit cela !... — cria le jeune homme avec
un feint emportement et une indignation de com-
mande.

— En propres termes, — poursuivit le vieillard,
— et l'on ajoute que je le sais comme tout le monde
et que je ferme les yeux...

— Mais c'est infâme !...

— Pardieu !...

— Nommez-moi celui... nommez-moi ceux qui
parlent ainsi, commandant, je vous jure que je les
ferai taire !

— L'épée ou le pistolet à la main, n'est-ce pas ?...

— Certes !...

— Eh ! croyez-vous que, malgré mon âge, je ne l'aurais pas fait comme vous et avant vous ?... — Mais les calomniateurs sont lâches, et les lâches ne se montrent pas !...

— Mais ces propos odieux, qui les tient ?...

— Tout le monde...

— Comment vous les a-t-on révélés ?

— En employant le moyen favori des plus vils coquins !... la lettre anonyme... — Deux jours de suite j'ai trouvé à la place où je vais chaque matin m'asseoir, la ligne à la main, de longues épîtres sans signature qu'on y avait déposées pendant la nuit...

— Ah ! — pensa Henry, — comme Marguerite avait raison de trembler ! !

— Eh bien, commandant, — fit-il tout haut, — je vous répète ce que je vous disais tout à l'heure, je suis à vos ordres, disposez de moi... — Ce que vous me direz de faire, je le ferai...

— Je n'attendais pas moins de vous, mon ami, — répliqua le vieillard en serrant avec effusion la main du jeune homme. — Oh ! si j'étais tout seul en cause, je vous dirais cent fois pour une : — *Restez !... méprisons la calomnie et rions de sa fureur impuissante !...* — Mais on mêle le nom de Marguerite à des rumeurs scandaleuses... — La réputation déjà compromise de la pauvre enfant se perdrait rapidement, et c'est là ce que nous devons éviter... et c'est pour cela que moi, qui n'ai jamais douté de vous, je suis venu franchement, loyalement, et je vous ai dit ce que vous venez d'entendre... — Si mes paroles vous avaient offensé ç'aurait été, croyez-le bien, une des plus sérieuses douleurs de ma vie...

— Vos paroles ne pouvaient m'offenser, mon cher commandant... — répliqua Henry, — mais ces faits m'affligent profondément !... — Mon parti est pris, d'ailleurs... Ainsi que vous l'avez dit, on ne combat point des calomnies du genre de celles qui nous accablent, — on fuit devant elles... — C'est ce que je vais faire... Dans quatre jours j'aurai quitté Vesoul pour n'y plus revenir... — C'est là ce que vous attendez de moi, n'est-ce pas ?...

— Oui, c'est là ce que je vous demande avec un chagrin profond, car je m'étais habitué à vous aimer comme si vous étiez mon fils, et il me semblait que nous ne nous quitterions jamais. — Mais je crois qu'il est indispensable de prendre ce parti dans l'intérêt de la réputation et de l'avenir de ma bonne et chère Marguerite...

— Je suppose que madame de Ferny ne se doute pas de toutes ces abominables choses ?...

— Vous pouvez en être certain ; — la pauvre

enfant n'en pourrait croire ses oreilles si la moindre de ces infamies arrivait jusqu'à elle.

— Lui donnerez-vous quelque raison pour mo-
tiver mon prochain départ et pour empêcher le
soupçon de la réalité de naître dans son esprit?...

— Je ne lui dirai rien du tout... — Il sera bien
plus naturel que la chose vienne de vous seul. —
Jusqu'à votre départ, je compte bien que nous
vous verrons à la maison comme par le passé... —
Ce soir ou demain, vous annoncerez que des lettres
inattendues vous rappellent à Paris... — Rien de
plus simple. — Marguerite vous verra vous éloigner
de nous avec beaucoup de regret... — Elle vous
est véritablement aussi attachée qu'elle le serait à
son frère, si elle en avait un. — Les soirées vont
lui paraître bien longues quand elle n'aura plus
pour se distraire que la société d'un vieux mari.
— Heureusement nous voici tout près du printemps, et elle aura ses fleurs pour la consoler.

— J'espère, — dit Henry en souriant, — que
vous m'écrirez pour me dire si les graines turques
et grecques ont produit tous les résultats qu'on
était en droit d'attendre d'elles...

— Marguerite vous écrira elle-même; — elle
pensera bien souvent à vous, et je vous assure qu'il
ne se passera pas un seul jour sans que votre nom
soit prononcé par elle ou par moi... et toujours
avec la même affection...

Henry serra la main du commandant.

— Maintenant, — dit ce dernier, — je vous laisse ; il me reste juste deux heures avant le déjeuner. — Je vais essayer les nouveaux hameçons que vous m'avez donnés l'autre jour...—A ce soir...

Et il sortit.

M. de Ferny venait à peine de quitter le logement d'Henry Varner, que ce dernier s'élançait hors de son lit, s'habillait rapidement et courait à la petite maison de la rue de la Préfecture.

En le voyant entrer, Marguerite pâlit et devint tremblante.

— Je le devine à votre visage bouleversé, — murmura-t-elle, — vous apportez de mauvaises nouvelles...

— Oui... — répondit Henry, — votre mari sort de chez moi.

— Ah ! — fit Marguerite avec épouvante.

— Il sait tout... — poursuivit le jeune homme.

Et comme il voyait Marguerite au moment de défaillir, il se hâta d'ajouter :

— Mais il ne croit rien... — Deux lettres anonymes lui sont arrivées ;—il traite leur contenu de mensonge infâme et de honteuse calomnie... — Il ne doute ni de vous ni de moi... — Il est, grâce au ciel, de ceux dont parle l'Ecriture sainte : — *Il a des yeux pour ne point voir et des oreilles pour ne point entendre...*

— Mais alors, qu'est-il allé faire chez vous ce matin, et qu'avait-il donc à vous dire?

— Il avait à me supplier d'imposer silence à la rumeur qui nous accuse...

— Et comment?...

— En quittant cette ville.

— Pour longtemps?

— Pour toujours.

— Qu'avez-vous répondu?

— Que je partirais dans quatre jours.

— Et vous le ferez?...

— Il le faudra bien...

Marguerite poussa un long soupir; — sa pâleur devint effrayante; — elle se laissa tomber presque inanimée sur un siège auprès duquel elle se trouvait.

Henry s'agenouilla devant elle, saisit ses deux mains et les couvrit de baisers. Elles étaient glacées, et c'est à peine si ses lèvres parvinrent à leur rendre un peu de chaleur.

— Ecoute, ma bien-aimée, — dit-il en sentant Marguerite se ranimer sous ses caresses, — voici pourquoi je suis venu...

— Pour m'annoncer votre départ?... — interrompit la jeune femme avec désespoir.

— Pour vous demander, — répondit-il, — si je partirai seul?

Marguerite tressaillit et regarda fixement Henry.

— Que voulez-vous donc? — lui dit-elle.

— Vous emmener bien loin avec moi, puisque je ne puis rester ici avec vous.

— Vous suivre! — balbutia Marguerite épouvantée; — fuir tous deux!... Y songez-vous, Henry?

— Si je n'y songeais pas... si je pensais qu'il faut à tout jamais me séparer de toi, crois-tu donc que j'aurais la force de vivre? — Oui, je partirais seul... mais pour l'unique voyage d'où l'on ne revient jamais.

— Mourir! — Ai-je bien compris?... — Tu mourrais?...

— Je le jure!... — Contre un désespoir incurable, je ne connais d'autre asile que la tombe...

— Henry, je ne veux pas que tu meures!... — Mais lui?... — lui, mon mari?... Trahi, abandonné lâchement, que deviendra-t-il?...

— Il souffrira sans doute, et c'est un malheur... — Il souffrira, autant du moins que peuvent souffrir un corps affaibli par les années, un cœur glacé par l'âge... — C'est à toi de mettre dans la balance, Marguerite, et le vieillard que tu ne peux aimer, et l'amant à qui ton cœur et ton âme appartiennent... — C'est à toi de décider auquel des deux tu vas donner ta vie!... — La vieillesse est insoucieuse, — elle oublie vite; — d'ailleurs, pour se souvenir, elle a si peu de temps!... — Mais si c'est moi que tu condamnes, songes-y bien, c'est un arrêt de mort que tu vas prononcer...

Marguerite, — ainsi qu'elle l'avait fait quelques jours auparavant dans une circonstance mémorable dont une lettre d'Henry lui-même nous a fourni les détails, — quitta son siège, et vint appuyer sa tête charmante sur l'épaule de son amant, en repétant pour la seconde fois :

— Henry, je ne veux pas que tu meures !...

— Alors, tu m'accompagneras ?...

— Oui.

— Partout et pour toujours ?

— Pour toujours et partout !

— Sans hésitation... sans regret... sans remords ?...

— Sans regret et sans hésitation... — et, si j'ai des remords, je m'efforcerai de les étouffer...

— Marguerite, ma vie est à toi désormais ! — s'écria Henry avec exaltation, — à toi tout entière... à toi sans partage !... — Devant Dieu qui m'entend, je te le jure !...

La jeune femme, avec une expression d'épouvante, appuya vivement sa main sur la bouche de son amant.

En même temps, elle balbutiait :

— Henry... Henry... tais-toi ! — n'invoque pas le nom du Dieu de justice, qui punit les amours coupables et qui repousse les serments adultères !

11.

— Henry, tâchons qu'il nous oublie... — S'il se souvient de nous, ce ne sera que pour nous frapper!...

— Nous frapper, chère bien-aimée... et pourquoi? — Cet amour qui de nos deux cœurs ne fait qu'un cœur ardent, n'est-ce pas lui qui nous l'a donné?... — N'est-ce pas lui qui pour ma jeunesse enivrée a fait ta jeunesse fleurie?... — Comme un poète l'a chanté, n'est-ce pas lui qui nous dit :

Aimez-vous, aimez-vous. — Dans le vent qui murmure,
Dans les limpides eaux, dans les bois reverdis,
Dans l'astre, dans la fleur, dans la chanson des nids,
C'est pour vous que j'ai fait renaître ma nature...

Aimez-vous, aimez-vous, et de mon soleil d'or,
De mon printemps nouveau qui réjouit la terre,
Si vous êtes contents, au lieu d'une prière,
Pour me remercier, embrassez-vous encor!...

Et voici le printemps qui renaît, Marguerite, et voici Dieu qui nous crie : *Aimez-vous!* — Non, chère bien-aimée, non, tu n'es pas coupable... — En quittant tout pour moi, tu ne fais qu'obéir à Dieu qui te bénit au lieu de te condamner !

Le cœur de Marguerite était complice de ces dangereux sophismes, — la voix de son amant égarait son âme et troublait ses sens; elle prit l'erreur pour la vérité, elle prit les ténèbres pour la lumière ; elle se dit, elle s'efforça de se prouver à elle-même qu'Henry avait raison et que la seule loi divine était la loi d'amour... .

Bientôt calmée, presque rassurée, Marguerite en arriva à envisager froidement son départ.

— Quand partirons-nous ? — demanda-elle.

— Dans quatre jours.

— Comment ferai-je pour quitter cette maison et pour te suivre sans éveiller les soupçons de mon mari ?...

— Je vais y penser et écrire un plan détaillé de toutes les mesures à garder... — Je reviendrai ce soir ici comme de coutume, et je trouverai facilement l'occasion de glisser dans ta main le papier qui contiendra ce plan...

— Où m'emmèneras-tu ?...

— Dans quelque solitude enchantée, où nous cacherons notre bonheur à tous les regards...

— Seule avec toi... loin des indifférents... loin de tout... oh ! oui, tu dis vrai, mon ami, ce sera le bonheur !...

— Ce sera la liberté, Marguerite !... — les tendresses sans contraintes !... — les joies sans bornes ! — ce sera le ciel !...

— Mais, — dit la jeune femme avec un frisson involontaire, — s'il nous poursuit, lui ?... s'il nous cherche ?...

— Nous serons si bien cachés, qu'eût-il une longue vie à vivre encore, et la passât-il à notre poursuite, il ne saurait pas nous trouver...

— En es-tu bien sûr Henry?...

— Comme je le suis de t'aimer toujours !

XIX

Le même soir, Henry arriva chez le commandant avec une physionomie visiblement attristée.

— Qu'avez-vous donc, mon ami ? — lui dit le vieillard.

— J'éprouve une contrariété si vive qu'elle peut passer pour un chagrin réel et sérieux.

— Est-il indiscret de vous demander quel est ce chagrin ?...

— En aucune façon... — Voici ce qui m'arrive : — je comptais passer quelque temps encore près de vous...

— J'espère bien que rien n'est changé dans ce projet ?

— C'est ce qui vous trompe, mon cher commandant, et c'est ce qui m'attriste. — J'ai reçu ce matin des lettres qui rendent indispensable ma présence à Paris, dans le délai le plus bref.

— Comment ! vous allez partir ! !... nous quitter ! !...

— Il le faut !

— Ne pouvez-vous remettre ce départ de quelques semaines ?...

— Impossible !

— De quelques jours, au moins ?...

— C'est aujourd'hui mardi... — Eh bien, dans la nuit de vendredi à samedi, je quitterai Vesoul... — je vous dirai adieu... — et cet adieu sera bien pénible...

— Je n'essayerai pas d'entrer en lutte contre une impossibilité, — fit le commandant, — mais je puis vous affirmer, mon cher ami, que nous souffrirons véritablement de votre départ et que vous emporterez nos meilleurs souvenirs et nos plus sincères regrets... — N'est-ce pas, Marguerite ?...

— M. Henry n'en doute pas... — répondit la jeune femme avec une contrainte manifeste.

— Non, certes, je n'en doute pas ! — s'écria Henry, — et je ne penserai jamais sans une profonde reconnaissance à la bienveillance de votre accueil, à l'affection que vous m'avez témoignée !...

Toute la petite comédie qui précède fut jouée avec une extrême gaucherie et un manque absolu de naturel, qui semblaient prouver qu'aucun de nos personnages n'était fort habile dans le grand art de la dissimulation.

M. de Ferny fit, à part lui, la remarque qu'il fallait compter bien peu sur l'attachement et la reconnaissance des femmes, puisque Marguerite acceptait avec une parfaite indifférence l'annonce du départ d'Henry Varner avec lequel, depuis plusieurs mois, elle vivait sur un pied de grande familiarité et qui, pour satisfaire un de ses caprices, avait joué sa vie et presque perdu la partie.

— Elle lui témoigne, en vérité, par trop de froideur !... — pensa-t-il. — Si ce cher Henry n'avait pas un aussi bon caractère, il s'en blesserait certainement...

— Comment partirez-vous?... — demanda-t-il ensuite.

— De la manière la plus simple. — J'ai écrit dans la journée à Mulhouse pour retenir une place de coupé dans la voiture qui passera vendredi soir à Vesoul...

— Un peu avant minuit, n'est-ce pas, mon cher Henry?

— Précisément.

— Alors votre soirée sera libre tout entière jusqu'au moment du départ... — vous viendrez dîner ici. — Nous ferons une dernière partie d'échecs, et je vous reconduirai au bureau de la voiture, où vos bagages auront été portés d'avance. — Cela vous convient-il ?

— Parfaitement, puisque j'aurai, jusqu'à la dernière minute, le plaisir de me trouver en votre compagnie...

Marguerite jeta sur Henry un regard plein d'un étonnement profond.

Comment donc pourrait-elle partir avec lui puisque M. de Ferny ne le quitterait pas ? — se demandait-elle.

Un imperceptible mouvement du jeune homme la rassura.

La conversation devint générale et prit une allure plus franche que celle qu'elle avait affectée jusqu'à ce moment.

Le commandant interrogea Henry sur ses projets d'avenir.

— Sans doute, — lui dit-il, — vous allez passer quelques mois à Paris, d'où vous êtes absent depuis longtemps ?

— Mon Dieu, non, — répliqua le jeune homme, — je ne tiens guère à m'arrêter dans la grande ville, et d'ailleurs, quand bien même je le voudrais, je ne le pourrais pas maintenant...

— Pourquoi donc ?

— Les affaires qui me contraignent à partir si brusquement touchent à mes intérêts de fortune et, après vingt-quatre heures de séjour à Paris, m'obligeront à passer en Angleterre, d'où, très vraisemblablement, je m'embarquerai pour l'Amérique...

— Pour l'Amérique !... — s'écria M. de Ferny.

— Oui, mon cher commandant.

— Mais vous en reviendrez ?

— Dans deux ou trois ans, sans doute, — si Dieu me prête vie...

— C'est là-bas que, dans des rivières aux noms baroques, vous allez pêcher des poissons inconnus ! — Quel plaisir pour vous, mon ami !...

— Sans doute... — Mais vous savez bien que la pêche ne suffit pas à mon bonheur ; or, trouverai-je en Amérique des joueurs d'échecs de votre force, mon cher commandant ?

— Je l'espère de tout mon cœur... et, puisque vous venez de parler d'échecs, je vous propose une partie...

— Que j'accepte... — répondit Henry.

Un peu après onze heures du soir, et au moment où le commandant sortait du salon le premier, la lampe à la main, pour éclairer l'escalier, la scène du billet, — scène racontée précédemment par nous, — se renouvela entre Marguerite et Henry ; — seulement la distribution des rôles était intervertie.

Ce fut Henry qui glissa le billet, ce fut Marguerite qui le reçut et s'empressa de le cacher dans son sein.

Ce billet, — qu'elle dévora aussitôt qu'il lui fut possible de se trouver seule un instant,— contenait, ainsi qu'Henry le lui avait annoncé, l'exposition complète de son plan de départ, plan tout à la fois très simple et très habile, qui va se développer en action sous les yeux de mes lecteurs dans les prochains chapitres.

Le lendemain de ce même jour, en rentrant chez lui après son entrevue avec Marguerite, Henry avait appelé son domestique, — un ex-dragon comme on le sait, — devenu tout à la fois cocher et valet de chambre du jeune homme.

— Pierre, — lui avait-il dit, — voici bientôt cinq mois que vous êtes à mon service... — Avez-vous trouvé en moi un bon maître ?

— Ah ! monsieur, — s'était écrié Pierre avec autant d'enthousiasme que d'incorrection, — je crois qu'il faudrait chercher longtemps avant d'en rencontrer un pareil !... — Bien habillé, — bien payé, pas grand'chose à faire et jamais grondé !... — Enfin une place comme on n'en voit guère !

— Ainsi, Pierre, vous me regretterez ?

— Je ne comprends pas très bien ce que monsieur veut dire... — Pourquoi regretterais-je monsieur, puisque je reste avec lui ?

— Vous me regretterez, mon brave garçon, parce que nous allons nous séparer.

Le domestique regarda son maître d'un air de complet ahurissement.

— Monsieur me renvoie? — demanda-t-il d'un ton piteux.

— En aucune façon, et je vous déclare que j'étais parfaitement content de votre service, — mais je pars...

— Si monsieur veut m'emmener, je le suivrai au bout du monde...

— C'est impossible, mon garçon.

— Ah! tant pis, monsieur, tant pis!... — Voilà un grand malheur pour moi!...

— Dites-moi, Pierre, n'êtes-vous pas de ce pays-ci?

— Oui, monsieur, de Breuche, — pas loin de Luxeuil...

— Avez-vous un peu de bien dans votre village?

— Un lopin de terre... grand comme un mouchoir de poche... pas assez pour m'occuper et pour vivre dessus.

— Combien vaut-il ce lopin de terre?

— A peu près cent écus.

— Et si vous achetiez un autre lopin à côté de celui-là... un lopin qui vaudrait mille francs, pourriez-vous vivre?

— Comme un seigneur.... en travaillant bien, s'entend.

— Et vous seriez heureux?...

— Comme un roi... dans le temps où les rois avaient de la chance!... — Mais il y a un malheur.

— Lequel?

— C'est que je n'ai pas les mille francs...

— Vous les aurez, Pierre...

— Et qui me les donnera?

— Moi.

L'ahurissement du valet tournait à la stupéfaction la plus absolue. Il n'en croyait pas ses oreilles.

— Mais, monsieur, — dit-il, — ces mille francs, je ne les ai point gagnés.

— Vous les gagnerez.

— Quand.

— Dans trois jours.

— Et comment?...

— En exécutant avec zèle et intelligence les ordres que je vous donnerai, et surtout en gardant un secret absolu sur ce que je vous chargerai de faire...

— Ah! monsieur peut compter sur moi... — je serait muet comme un poisson frit...

— J'y compte... Et maintenant, mon brave Pierre, vous allez voir que ce dont il s'agit n'est pas difficile... — Quel est le premier relais de poste sur la route de Besançon?

— La Maison-Neuve.

— A quelle distance de Vesoul?

— A quatre lieues.

— Vous connaissez Besançon, n'est-ce pas?

— Aussi bien que Vesoul.

— A quelle heure part la plus prochaine diligence pour cette ville?

— A midi.

— Voici deux mille francs en or; vous allez prendre une place dans la diligence. — Aussitôt arrivé à Besançon, vous courrez chez les carrossiers jusqu'à ce que vous ayez trouvé une voiture quelconque d'occasion, — calèche ou briska, ou berline, ou landau, une voiture couverte enfin, et capable de courir la poste. — Vous l'achèterez, vous la payerez, vous y ferez atteler, séance tenante, des chevaux de louage, et...

— Et, — interrompit Pierre qui voulait donner une preuve immédiate de son intelligence, — je la ramènerai ici...

— Pas le moins du monde; — vous la laisserez au contraire au relais de la Maison-Neuve, où vous la ferez remiser...

— Oui, monsieur; — et ensuite, que ferai-je?...

— Vous reviendrez de votre pied léger, en ayant soin d'arriver assez matin pour que personne ne se soit aperçu de votre absence.

— C'est facile, monsieur.

— Remplissez, avant de partir, le râtelier et la

mangeoire du cheval, et faites en sorte qu'il ait une
nourriture suffisante pour la journée et pour la
nuit... Je me charge de lui donner à boire... — Si
vous vous trouviez en diligence avec des gens qui
vous connaissent, pas un mot sur le but de votre
petit voyage.

— Ah! monsieur peut être tranquille.

— Il est onze heures, — ne vous mettez pas en
retard... — Avant de sortir quittez votre livrée. —
Tenez, voici un chapeau, une redingote et un gilet
que je vous donne...

Pierre partit.

XX

Le lendemain, à six heures du matin, Pierre frappait doucement à la porte de la chambre à coucher de son maître.

— Eh bien? — lui demanda ce dernier.

— Eh bien, monsieur, c'est fait.

— La voiture?

—Est sous remise, à la Maison-Neuve.

— Un briska... une berline?...

— Non, monsieur; — une calèche en très bon état. — Je l'ai eue pour douze cents francs.

Pierre, tout en parlant, posait sur la table de nuit une certaine quantité de pièces d'or formant le reliquat des deux mille francs qu'il avait reçus.

— Vous n'avez rencontré, en route ou à Besançon, personne de connaissance?

— Personne.

— C'est à merveille, et je suis content de vous... — la moitié de votre tâche est accomplie. — Voilà cinq cents francs... — Dans trois jours je vous en donnerai autant, sans préjudice, bien entendu, du mois courant de vos gages.

Et Henry mit vingt-cinq pièces d'or dans la main de Pierre qui, ne sachant en quels termes exprimer sa reconnaissance, se lança dans un inintelligible pathos auquel son maître s'empressa de couper court en disant :

— Il faut maintenant vous expliquer ce que vous avez encore à faire. — Avez-vous remarqué à vingt minutes d'ici, sur la route de Besançon, une croix de fer ombragée par trois gros tilleuls ?

— Oui, monsieur... cette croix se trouve presque à la croisée du chemin de Navenne et de la grande route...

— C'est cela même. — Y a-t-il ici un loueur de voitures qui vous connaisse assez pour vous confier une carriole et un bon cheval, sans vous donner un conducteur en même temps ?

— Oui, oui, monsieur, — répondit Pierre avec un sourire de satisfaction intime ; — oh ! je suis connu... — On me confierait volontiers dix voitures et vingt chevaux. — On sait que je suis un fin cocher... surtout depuis mon entrée au service de monsieur...

— Eh bien, retenez comme pour vous, — faites attention à ceci, *comme pour vous*, — une carriole dont les rideaux ou les vasistas puissent se fermer... — Que cette carriole soit attelée d'un solide cheval, samedi prochain, à six heures du matin. — Montez sur le siège et allez m'attendre à l'entrée du chemin de Navenne près de la croix des trois tilleuls, en ayant soin de relever le collet de votre manteau jusqu'aux bords de votre casquette, afin que personne ne soit à même de vous reconnaître...

— Je puis promettre à monsieur que mon père lui-même me verrait passer sans se douter que c'est moi...

— Je pars pour Paris vendredi soir, par les messageries Laffitte et Caillard, — reprit Henry.

— Bah! — s'écria Pierre.

— Ce qui, — continua le jeune homme en souriant, — ce qui ne vous empêchera pas de me conduire samedi matin au relais de la Maison-Neuve.

— Je comprends... je comprends. . — fit Pierre, heureux de trouver une occasion favorable pour mettre sa perspicacité en relief, — monsieur aura l'air d'être parti, mais il ne le sera pas...

— C'est cela même, mon brave garçon, — dit Henry en riant. — Je serai là, en chair et en os, pour vous donner vos cinq cents francs... — Vous voyez à quel point je me fie à vous... — J'espère

que votre discrétion sera à la hauteur de ma confiance...

— Ah ! monsieur, — répliqua Pierre avec conviction, — on pourra bien me couper le cou si l'on
veut, — on ne fera pas sortir une parole de mon
gosier !.... aussi vrai que je m'appelle Pierre Gous-
serey et que je suis un ex-dragon et un brave garçon !... — Le mot d'ordre est *motus et discrétion*, —
suffit !... — Respect et obéissance à la consigne ! !...

Pierre laissa son maître enchanté d'avoir trouvé
en lui un auxiliaire actif et dévoué, tel enfin qu'il
le lui fallait.

Pendant les deux jours qui suivirent, Henry s'oc-
cupa des mille détails qui précèdent un départ.

Il vendit son cheval et sa voiture, — il fit ses
malles, — il joua aux échecs avec le commandant,
— mais il n'eut avec Marguerite qu'un seul tête-à-
tête qui ne dura pas plus d'une minute et demi et
qui lui suffit pour adresser à la jeune femme quelques dernières recommandations.

Le parti de Marguerite était pris, bien irrévocablement pris. — Ses combats intérieurs, — si toutefois elle en éprouvait, — ne se décelaient que par
sa pâleur plus grande que de coutume, et par le
cercle de bistre qui se dessinait autour de ses
yeux.

Le commandant, très sincèrement triste, conti-

nuait à s'étonner du calme et de la froideur
de sa femme et se disait en lui-même :

— Quand je pense qu'on ose accuser Marguerite
d'aimer plus qu'il ne le faudrait ce pauvre Henry,
à qui elle ne témoigne qu'une trop complète indifférence! — Quelle chose bête que la calomnie !...
Et comme il en faudrait rire, si on n'était forcé
d'en pleurer !...

*
* *

Enfin arriva le vendredi, jour du départ.

Dès le matin le commandant courut chez Henry
qu'il trouva fort occupé de cadenasser malles et
valises et que, pendant tout le reste de la journée,
il ne quitta pas d'une semelle.

Par suite d'un sentiment, ou plutôt d'un instinct
très naturel, il voulait, au moment de se séparer du
jeune homme pour ne le revoir peut-être jamais, se
rassasier en quelque sorte de sa présence.

Dans l'après-midi les bagages furent envoyés aux
messageries et enregistrés pour le départ du soir.
— L'administration de Mulhouse avait fait préve-
nir que la première place du coupé était régulière-
ment inscrite au nom d'Henry, — cette place avait
été payée, — il ne restait à s'occuper d'aucun détail
matériel jusqu'au passage de la diligence.

A cinq heures, M. de Ferny emmena Henry chez
lui, où Marguerite et le dîner les attendaient.

Cette dernière soirée fut horriblement triste pour
tout le monde.

Henry, malgré ses efforts constants pour feindre
une tranquillité d'esprit qu'il n'éprouvait point,
n'était pas toujours maître de son visage et de son
attitude, — et l'un et l'autre décelaient son écrasante préoccupation.

Marguerite, à la veille de faire la démarche la
plus grave et la plus irréparable qui, du haut d'une
vie régulière en apparence, puisse précipiter une
femme dans les régions douteuses où commence le
demi-monde, — Marguerite, disons-nous, songeait
à son passé, — à ses années d'enfance joyeuse et
de jeunesse innocente, — à la mort de sa mère, —
à son mariage, — à ses souffrances, — à son amour,
— à sa faute... — et, malgré le prisme radieux que
pour elle la passion jetait sur l'avenir, elle avait
grand'peine à contenir les larmes qui voulaient jail-
lir de son cœur et montaient à ses yeux gonflés.

Quant au commandant, qui s'efforçait de paraître
gai et qui ne pouvait en venir à bout, il éprouvait
un chagrin sincère, — d'abord parce qu'il aimait
sincèrement Henry, et ensuite parce qu'il se demandait avec épouvante comment il pourrait jamais remplacer cet habile compagnon de pêche,
— ce charmant adversaire aux échecs.

M. de Ferny s'avouait à lui-même qu'une fois qu'Henry Varner ne serait plus là, il allait trouver dans ses habitudes un vide immense et traverser bien des heures de profond ennui. — Or, l'ennui, — personne ne l'ignore, — est une des calamités de ce bas monde que redoutent le plus les vieillards.

Telles étaient les pensées d'une nuance assombrie qui se succédaient dans l'esprit de chacun de nos trois personnages.

Aussi, — nous le répétons, — les heures de la soirée s'écoulaient lentement et avec une tristesse inaccoutumée dans le salon du commandant.

L'échiquier lui-même ne parvint point à attacher des ailes aux minutes alourdies ; — aucun des deux adversaires n'était à son jeu ; les parties se traînaient sans entrain et sans coups décisifs.

Gibby, la folle et pétulante Gibby, semblait avoir sa part du malaise général.

Couchée en rond sur un fauteuil, elle dormait à demi et, tout en dormant, elle poussait de petits gémissements sourds et inarticulés.

Enfin, qu'il semble ramper lourdement ou voler à toute vitesse, le temps marche d'un pas égal...

Onze heures sonnèrent.

— Mon cher commandant, — dit Henry en quittant sa place et en repoussant l'échiquier, — voici le moment des adieux... — Quand nous arriverons à la grande rue, la diligence sera près d'y arriver elle-même.

— Rien ne presse, — répondit M. de Ferny ; — vous savez que vous ne pouvez pas manquer la voiture, puisqu'elle passe devant ma maison.

— Sans doute, mais je tiens à être au bureau un peu d'avance pour voir charger mes bagages...

— Eh bien, puisque vous le voulez, partons...

— Madame, — dit Henry à Marguerite en lui tendant la main, — je ne vous dirai pas *adieu*...—*Adieu*, c'est un mot triste, c'est un mot qui sépare, et j'espère bien que nous ne nous quittons pas pour toujours... — Je veux donc vous dire *au revoir*...

— Au revoir... monsieur Henry... — balbutia la jeune femme en mettant sa main tremblante dans la main de son amant.

— Eh ! sacrebleu !... — s'écria M. de Ferny, — ce n'est pas la main qu'il faut lui donner, c'est la joue !... — Ma parole d'honneur, à vous voir ainsi tous les deux, on croirait que vous vous connaissez à peine !... — embrassez-le, Marguerite !... embrasse-le !...

Et, comme Marguerite semblait hésiter, il la poussa dans les bras d'Henry, en riant d'un rire muet comme celui de l'immortel Bas-de-Cuir et en se disant : — C'est pour le coup que, s'ils étaient là, les fabricants de lettres anonymes m'appelleraient mari complaisant !... — Les brutes malfaisantes

qu'ils sont!... Sans eux, sans leurs infâmes et ab-
surdes calomnies, Henry ne partirait pas!...

Ce fut malgré lui, ce fut avec une contrainte
pleine de confusion et pleine de douleur, qu'Henry
pressa Marguerite contre sa poitrine.

La rougeur de la honte lui montait au visage, au
moment où, en présence de ce mari plein d'une si
loyale confiance, il appuyait ses lèvres sur le front
de cette femme qui était sa maîtresse et qui, le lendemain, allait quitter pour le suivre le toit conjugal flétri, et le vieillard trompé et ridiculisé par
l'abandon!...

Marguerite éprouvait en même temps, et avec
plus de violence encore, des sensations identiques.
— Seulement, au lieu de s'élancer vers sa figure,
le sang se concentrait à son cœur. — Au lieu de
rougir, elle pâlissait.

— Et Gibby, — votre amie Gibby, — dit le commandant, — n'aurez-vous pas pour elle une caresse?...

— Une caresse et un souvenir, — répondit Henry,
qui passa sa main à plusieurs reprises sur la tête
effilée de la levrette.

Gibby, réveillée en sursaut, se prit à gémir, bien
loin de manifester sa joie comme de coutume par
des bonds et par des gambades.

— Si cependant on croyait aux présages, — pensa
le jeune homme, — il faudrait trembler!...

Puis il ajouta tout haut :

— Mon cher commandant, quand vous voudrez...

Les deux hommes sortirent de la maison et se dirigèrent vers le bureau des messageries Laffitte et Caillard, situé, nous l'avons dit, à l'angle de la rue de l'Aigle-Noir et de la grande rue.

Au moment où ils allaient l'atteindre, on entendit dans le lointain ce bruit de grelots, de coups de fouet et de fanfare, annonçant la très prochaine arrivée de la diligence.

— Exacts comme à la parade !... — murmura M. de Ferny.

Les bagages d'Henry furent chargés.

Quatre chevaux frais prirent la place des chevaux fatigués qui venaient d'amener la diligence depuis le dernier relais.

Le conducteur cria d'une voix quelque peu enrouée par la fraîcheur de la nuit :

— Messieurs les voyageurs, en voiture !...

Henry monta dans le coupé où, par parenthèse, il se trouva seul.

Le commandant lui serra une dernière fois la main avec effusion, et la lourde machine s'ébranla,

XXI

— Il y a six mois, — pensa le jeune homme, — le coupé tout entier d'une voiture pareille à celle-ci... peut-être de celle-ci même... était à ma disposition comme aujourd'hui...—Si j'étais parti alors, quelle différence dans ma vie ! — Ai-je bien ou mal fait de rester?... — L'avenir me le dira...

Au moment où la voiture passa devant la maison de M. de Ferny, Henry se pencha à la portière.

Le commandant ne pouvait être encore rentré et la lumière de l'intérieur brillait faiblement à travers les lames des persiennes fermées.

— Elle est là... — se dit Henry, — elle pense à moi... — dans quelques heures nous serons réunis pour ne plus nous quitter.

Cependant la diligence, ayant dépassé les der-

nières maisons de la ville, roulait rapidement sur
une route inclinée.

Le jeune homme la laissa courir ainsi pendant à
peu près un quart de lieue; puis, abaissant une
des glaces de devant du coupé, il se mit à appeler
de toutes ses forces :

— Conducteur !... hé ! conducteur !...

On allait atteindre une petite montée qui ralen-
tissait l'allure des chevaux... — Le conducteur se
suspendit en grommelant à une courroie, et demanda :

— Qu'est-ce que vous voulez, monsieur ?...

— Je veux que vous arrêtiez la voiture...

— Pourquoi faire ?...

— Pour me laisser descendre...

— Descendre !... — s'écria le conducteur. —
Déjà !... nous partons à peine !

— J'ai oublié mon portefeuille à Vesoul...

— Vous écrirez depuis Langres et on vous le
renverra à Paris...

— Du tout ! — Il contient des valeurs impor-
tantes dont je ne veux pas me dessaisir...

— Vous n'avez pas cependant le projet, j'imagine, d'aller le chercher à Vesoul ?...

— Mais si, très bien...

— Nous ne pouvons pas vous attendre... ça
tombe sous le sens...

— Eh bien, partez sans moi...

— Je vous préviens que vous perdrez le prix de votre place...

— J'aime mieux perdre le prix de ma place que de perdre mon portefeuille.

— A votre aise... — Et vos bagages, monsieur, qu'en faudra-t-il faire ?

— Déposez-les à la consigne, dans les bureaux de votre administration, j'irai les réclamer en arrivant, dans deux ou trois jours.

Le conducteur consulta sa feuille afin de s'assurer que la place du voyageur était payée, — puis il ouvrit la portière et Henry s'élança sur la route.

— Sacrebleu ! vous n'avez tout de même pas de chance d'avoir oublié votre portefeuille, — surtout si vous étiez pressé d'arriver à Paris ! — dit le conducteur, tout en regrimpant sur sa banquette.

Le postillon fouetta les chevaux et la voiture se remit en marche, allégée du poids d'un de ses voyageurs.

Henry alluma son cigare qu'il avait laissé éteindre pendant le temps des pourparlers que nous avons rapportés fidèlement, et il reprit à pas lents le chemin de Vesoul.

Au moment d'entrer dans la ville il releva jusqu'à ses oreilles le collet de son paletot, de manière à cacher les trois quarts de son visage.— Bien inutile précaution car, à minuit passé, on ne rencontre

dans les rues des petites villes de province que des
rats fourvoyés et des chiens errants.

La lumière de la maison du commandant s'était
éteinte.

— *Elle* ne dort pas plus que moi! — se dit Henry.
— *Elle* aussi trouvera que la nuit est interminable !

Il traversa la ville dans toute sa longueur, et il
entra dans l'une de ces auberges destinées spécia-
lement aux rouliers, et qui se trouvent à l'extrémité de la Grande-Rue-Basse, tout près du pont
de l'Hôpital, de la route de Besançon et, par conséquent, de l'endroit où dès le point du jour Pierre
devait attendre avec une voiture attelée.

Henry se fit donner une chambre par une servante endormie, et se jeta tout habillé sur le lit,
non pour y chercher le sommeil mais pour ne se
point fatiguer outre mesure en restant debout.

Aussitôt qu'à travers les petits carreaux de la
fenêtre une lueur pâle, rayant le manteau sombre
de la nuit, vint trahir l'approche de l'aube naissante, Henry quitta l'auberge, après avoir eu soin
d'attacher un épais cache-nez par-dessus le collet
toujours relevé de son vêtement.

Ce cache-nez montait jusqu'aux yeux qu'abritait
en outre la visière de la casquette.

De tout le visage du jeune homme, on ne voyait
pas une seule ligne ; — son plus mortel ennemi,

aussi bien que son meilleur ami, aurait pu passer à côté de lui sans le reconnaître.

Il suivit la route de Besançon jusqu'à la croix couronnée par les trois tilleuls.

Il gagna le chemin de Navenne et monta dans les vignes d'où il dominait le chemin, à l'entrée duquel ne tarda guère à s'arrêter une carriole à rideaux de cuir conduite par un homme enveloppé d'un manteau bleu qui l'encapuchonnait tout autant que le paletot et le cache-nez d'Henry Varner.

Il fut impossible à ce dernier de reconnaître Pierre, — mais il lui fut facile de le deviner.

Vers sept heures et demie le jeune homme quitta son poste après avoir regardé sa montre, — gagna le petit chemin et, s'arrêtant un instant à côté de son domestique, lui dit :

— Vous êtes un garçon exact et consciencieux, Pierre, — je vous regretterai certainement.

— Comment ! monsieur, — s'écria Pierre, — c'est vous !... Sans votre voix, je n'aurais pas pu savoir qui vous étiez.

— Tant mieux, c'est ce que je veux.

— Que faut-il faire maintenant, monsieur ?...

— Attendre.

— Suffit.

Henry s'éloigna de la voiture et elle alla se placer au pied d'un des tilleuls voisins de la croix.

II. 13

Son regard s'attachait avec persistance sur la route sillonnée par les paysannes des villages voisins, se rendant au marché.

Un peu avant huit heures il fit un mouvement brusque, et son attention redoubla. — Il venait d'entrevoir, à quelque distance, un femme dont le visage disparaissait sous un voile noir fort épais, et la taille sous un grand châle très ample, et qui cependant lui rappelait Marguerite.

Cette femme marchait vite, et de minute en minute elle se retournait pour regarder derrière elle avec une apparente inquiétude.

Plus elle avançait, plus il semblait à Henry que sa tournure était bien celle de madame de Ferny.

Au moment où elle allait atteindre les tilleuls, le jeune homme s'avança de quelques pas et ses conjectures se métamorphosèrent en certitude.

— C'est moi... — dit-il, — venez vite...

Au bruit de cette voix les plis du grand châle s'entr'ouvrirent, et la gentille Gibby montra le bout de son museau rose.

Marguerite saisit le bras d'Henry sur lequel elle s'appuya en murmurant :

— Hâtons-nous !... la force me manque... —je sens que je vais tomber...

— Du courage, mon amie... — répondit Henry,

— la voiture est là... — en deux minutes nous l'atteindrons.

Il entraîna Marguerite dans le petit chemin, — il la souleva dans ses bras, — la plaça dans la carriole, — y monta après elle, détacha les rideaux de cuir qui devaient la cacher à tous les regards, et dit à Pierre :

— Maintenant, mon garçon, à la Maison-Neuve, et vivement !

Pierre fouetta son cheval qui partit au grand trot.

Tout était consommé !

— Êtes-vous mieux, maintenant? — demanda Henry en approchant son visage de celui de Marguerite, — êtes-vous mieux, ma bien-aimée?...

La jeune femme ne répondit pas.

Henry, inquiet, souleva le voile qui cachait les traits de sa maîtresse.

La pauvre enfant était évanouie.

Certes, dans cette maison qu'elle quittait Marguerite n'avait pas été bien heureuse, — et cependant ce fut avec un étrange et douloureux serrement de cœur qu'elle en franchit le seuil pour n'y rentrer jamais.

Elle se dit qu'après tout son mari l'aimait d'une profonde tendresse, — qu'elle était la grande joie de sa vie, le suprême bonheur de sa vieillesse, et qu'en se trouvant seul, trahi, abandonné, il allait cruellement souffrir.

A la pensée de cette souffrance infligée par elle, Marguerite ne put retenir ses larmes. — Mais elle appartenait à un autre, — elle était enchaînée par les inextricables liens de l'amour et de l'adultère, — elle n'avait plus le droit d'hésiter ni de regarder en arrière.

Tout ce que possédait la jeune femme lui venait de son mari ; — elle voulait, en partant de chez lui, ne rien emporter. — Elle enferma dans une boîte les quelques bijoux donnés par M. de Ferny à l'époque de son mariage, et à cette boîte elle joignit une lettre qui ne contenait que les lignes suivantes :

« Je n'étais plus digne de vous ; — en se fixant sur moi vos regards me faisaient rougir et me forçaient à courber la tête ; — à ma première faute j'en joins une seconde, qui ne sera peut-être qu'une expiation. — Je pars et je ne reviendrai jamais...

» Je ne mérite pas un regret de votre part ; — je m'éloigne, le cœur rempli de trouble et déchiré de remords. — Ne me maudissez pas, — essayez de me pardonner, — plaignez-moi surtout, — et croyez que si quelqu'un en ce monde fait des vœux ardents pour votre bonheur, c'est la triste et coupable Marguerite. »

Cette lettre et la boîte, cachetées toutes deux, furent placées par la jeune femme dans l'endroit le plus en vue de la chambre du commandant, qui, parti pour sa pêche de tous les matins, ne devait rentrer que dans quelques heures.

Marguerite revêtit ensuite une de ses robes de jeune fille ; — elle s'enveloppa dans un grand châle qui venait de sa mère, — elle prit Gibby dans ses bras, et elle sortit.

Au moment où, derrière elle, la porte se referma, il lui sembla que sa vie venait de se séparer en deux parties.

— La Marguerite du passé, — se dit-elle, — est morte ; — que sera la Marguerite de l'avenir ?...

Et elle s'éloigna rapidement.

Nous l'avons vue rejoindre Henry à l'endroit du rendez-vous convenu, et s'évanouir au moment où le jeune homme venait de la mettre dans la voiture.

Les baisers de son amant ne tardèrent point à triompher de cette défaillance, et Marguerite, revenue à elle-même, s'efforça de paraître gaie, afin de ne pas commencer dans la tristesse et dans les larmes le premier jour de sa nouvelle existence.

Le cheval, vigoureusement foucté par Pierre marchait à sa plus rapide allure. — En moins d'une heure et demie, le relais de la Maison-Neuve fut atteint.

Pierre reçut ses cinq cents francs. — On attela

des chevaux de poste à la calèche tirée de la remise.
— Le postillon se mit en selle puis, surexcité par
la promesse de guides princièrement payées, il fit
claquer joyeusement son fouet et lança son attelage au grand galop sur la route de Besançon.

Les deux amants voyagèrent pendant tout le jour
et ne s'arrêtèrent point la nuit suivante, — si bien
que, le lendemain vers les dix heures du soir, leur
voiture entrait dans Paris.

Henry ne voulait descendre ni dans son propre
appartement, où le commandant pourrait venir le
chercher s'il s'était mis à sa poursuite, ni dans un
hôtel, où il aurait fallu donner son nom et montrer
son passeport.

Il se fit conduire chez l'ami auquel s'adressaient
les lettres que nous avons reproduites. — Par le
plus grand hasard du monde il le trouva chez lui,
et il lui dit :

— Va-t'en de chez toi, mon cher, — couche où
bon te semblera cette nuit, et prête-moi ton logis
dont j'ai impérieusement besoin...

— Très bien... — répondit l'ami. — Je comprends, et je m'en vais. — J'ajouterai que tu pourras disposer de mon domicile aussi longtemps que
tu voudras, et cela sans me gêner le moins du
monde... — Je pars dans huit jours, et j'allais te
l'écrire...

— Tu pars pour longtemps ?

— Pour trois ou quatre ans. — Je vais en Perse, — en Syrie, — en Asie Mineure, etc., etc. ; un superbe voyage, mon ami... — Je te parlerai de cela demain... Et maintenant, bonsoir... — Tu n'es pas seul, naturellement?...

— Parbleu !...

— La femme du commandant, je suppose?...

— Oui.

— Où l'as-tu laissée?

— En bas, dans la chaise de poste.

— Eh bien, va la chercher... Quand tu remonteras avec elle je serai parti par l'escalier de service...

Quelques minutes après ce court entretien Marguerite, brisée de fatigue, entrait dans l'appartement prêté à Henry Varner.

XXII

Rester à Paris était impossible.

Henry ne regardait point comme vraisemblable que M. de Ferny s'adressât à la police pour retrouver le ravisseur de sa femme et sa femme elle-même, — cependant ce dernier cas n'était point absolument inadmissible, — et d'ailleurs il fallait tout prévoir.

Or, si des recherches devaient être effectuées, c'était d'abord et surtout à Paris que ces recherches auraient lieu.

En allant se fixer dans les environs de la grande ville, au contraire, en choisissant l'un de ces endroits où se réunit une considérable affluence de Parisiens, et où cependant il est possible et facile de vivre dans un isolement complet, — en évitant enfin de se mettre en vue, — on échappait d'une façon à peu près certaine à toute éventualité dangereuse.

Le parti d'Henry fut pris aussitôt.

Il aimait assez Marguerite pour que la solitude, en sa compagnie, ne l'effrayât point.

Le hasard l'ayant conduit un jour à Maisons-Laffitte, quelques années auparavant, il avait conservé du parc et de la Colonie un charmant souvenir.

Il se fit donc mener un matin à la gare de la rue d'Amsterdam, et il prit un billet pour la station de Maisons.

Dans l'introduction de ce livre nous avons entendu le garde Dominique raconter lui-même les détails de sa première entrevue avec Henry et de la façon expéditive dont se termina la location du Chalet des Lilas.

Avec lui nous avons en quelque sorte assisté à l'installation du jeune couple.

Il est inutile de revenir sur des faits que nos lecteurs connaissent.

C'est pendant les quelques semaines passées à Paris par Henry et par Marguerite, dans l'appartement prêté par un ami dévoué, que fut commandée la toile perse aux bouquets emblématiques qui devait, un peu plus tard, servir de tenture à la chambre à coucher que nous connaissons.

13.

Lorsque Henry et sa maîtresse eurent pris possession de leur charmante solitude, ils y vécurent,
nous le savons, en dehors de toutes relations étran-
gères et personne, excepté la servante procurée
par Dominique, et excepté Dominique lui-même,
ne fut admis à franchir la grille du Chalet des Lilas.

Henry, sachant par expérience qu'un secret n'a
la chance d'être bien gardé que lorsqu'il est connu
seulement de ceux qu'il intéresse d'une façon immédiate et directe, n'avait mis qui que ce fût
dans sa confidence.

Ses amis, — et il en comptait de nombreux à
Paris, — ignoraient tous, absolument tous, que le
jeune homme habitât Maisons-Laffitte.

Les gens de sa connaissance, — lorsque par hasard ils parlaient de lui, — exprimaient généralement l'opinion qu'il devait être reparti pour quelque
lointain voyage.

Personne, à vrai dire, n'attachait une grande
importance à savoir ce que devenait le jeune
homme, — et c'est tout simple. — Les amis de
Paris ne sont que des indifférents, prodiguant volontiers à droite et à gauche des semblants de
chaude affection, et trop occupés d'ailleurs, en-
traînés dans un trop rapide tourbillon, pour s'attacher d'une façon sérieuse et pour conserver même
un souvenir aux absents.

Des parents auraient été moins insoucieux sans

doute, — mais Henry n'avait pas de famille.

C'est ici, ce nous semble, le moment de réparer une lacune de notre récit, et de dire en très peu de mots ce que nous savons de la naissance d'Henry et de la façon dont il avait été élevé.

Vingt-sept ou vingt-huit ans avant l'époque où, par un soir d'automne, notre personnage arrivant de Plombières descendait de diligence sur le pavé de la bonne ville de Vesoul, — il y avait au théâtre des Panoramas, à Paris, une jeune comédienne prenant sur l'affiche le nom de Florine.

Cette actrice, qui tenait l'emploi des ingénuités, était très jolie et passait pour exceptionnellement sage car on ne lui connaissait pas d'amant. — Son nom de Florine était un pseudonyme de théâtre : — elle s'appelait en réalité Rosine Varner.

La vertu d'une actrice est chose assez fragile d'ordinaire.

On s'étonnait fort de voir Florine repousser les brillantes propositions qui venaient l'assaillir, — et qui se multipliaient en raison même de la froideur dédaigneuse avec laquelle elles étaient accueillies.

Cet étonnement eut un terme.

Un beau jour Florine trébucha ni plus ni moins que ses camarades du théâtre des Panoramas.

Seulement, elle n'avait pas perdu pour attendre.

Son premier amant, — celui du moins qui, à tort

ou à raison, passa pour tel, — fut un jeune homme d'une beauté remarquable et possédant une fortune immense, — un Anglais, — un grand seigneur, — lord Henry Fitz-Hérald.

Très épris et très jaloux de sa jolie maîtresse, lord Fitz-Hérald exigea que Florine quittât le théâtre. — Elle subit, non sans chagrin, la volonté de son amant qui, pour reconnaître sa soumission et la dédommager des succès qu'elle lui sacrifiait, lui fit une très large existence et l'entoura d'un luxe inouï.

Florine, — ou plutôt Rosine Varner, — devint grosse et mit au monde un fils qui reçut le nom d'Henry.

La paternité redoubla l'amour du jeune lord ; — il songea à reconnaître son enfant, — bien plus, — à le légitimer en épousant la mère et en faisant de l'ex-ingénue du théâtre des Panoramas une pairesse d'Angleterre.

Désireux de mettre son projet à exécution sans s'aliéner tous les membres de sa famille, il fit un voyage en Angleterre afin de les préparer douce-ment et par gradations au mariage qu'il avait résolu de conclure, et que tous ces hauts personnages ne pouvaient manquer de considérer comme une mé-salliance impardonnable.

Il se proposait de leur citer tant d'illustres exemples d'unions pareilles à celle-là, parmi les membres de la fière aristocratie des trois royaumes, qu'il ne doutait point de les amener à partager à peu près ses vues et, sinon à encourager son mariage, du moins à le tolérer.

Mais lord Henry ne devait plus revoir ni Paris, ni Rosine, ni son enfant.

Attaqué par une de ces maladies terribles qui prennent un homme rempli de santé et de vigueur et qui le tuent en quelques jours, malgré les ressources de la nature et les efforts de la science, Henry comprit qu'il allait mourir, et n'eut que le temps de dicter un testament en règle par lequel il léguait un million à Rosine et cinq cent mille francs à l'enfant qui venait de naître.

Une des clauses du testament stipulait que jusqu'à la majorité de l'enfant, la mère ne pourrait toucher ni au capital, ni aux intérêts de cette dernière somme.

Le reste de la fortune immense du jeune lord allait à ses héritiers naturels, et n'était qu'à peine diminué par les quinze cent mille francs légués à la maîtresse et au fils naturel.

Rosine ne valait pas moins, mais ne valait pas non plus davantage que la plupart des filles de théâtre, race gracieuse de charmants démons qui ne brillent pas précisément par le cœur.

Elle avait aimé, ou à peu près, lord Fitz-Hérald.

En apprenant qu'il était mort, elle pleura...

Mais comme elle apprit en même temps qu'elle héritait d'un million, ce million fut un baume bienfaisant qui cicatrisa promptement sa blessure.

Moins de deux mois après le jour où elle s'était trouvée veuve de la main gauche et propriétaire de cinquante mille livres de rente, elle se promenait sur les boulevards et dans les Champs-Elysées en calèche découverte.

Mais nous n'avons point à raconter ici l'histoire de Rosine Varner.

Disons seulement qu'elle mourut très jeune, après avoir presque complètement dévoré, en dix ou douze ans, le million laissé par Fitz-Hérald.

Si, dans aucun cas, il pouvait être possible et permis d'écrire que ce fût un bonheur pour un fils de perdre sa mère, nous dirions que la mort de Rosine fut pour Henry un heureux événement.

Sans aucun doute, malgré la clause restrictive du testament, l'ex-comédienne, si elle eût vécu, aurait trouvé moyen d'entamer la fortune de l'enfant après avoir gaspillé la sienne dans les plus incompréhensibles folies.

Un tuteur légal fut nommé à Henry, qui reçut une excellente éducation et qui, émancipé à dix-huit ans, se trouva maître d'un capital considérable qu'il ne songea point à ébrécher, tout en payant un large tribut aux fantaisies et aux erreurs de la jeunesse.

Henry avait assez d'intelligence et d'esprit pour ne point se laisser exploiter sans répugnance par ces faux amis, parasites avides, et par ces pieuvres blondes et brunes, qui s'attachent à tout jeune homme riche.

Il fut en outre préservé d'un autre péril, — l'oisiveté, — par un goût inné en lui, et très vif, — le goût des arts.

Henry fréquenta les ateliers en artiste amateur, et il y acquit un talent réel dont nous l'avons vu, à plus d'une reprise, donner des preuves.

Et ne croyez pas que nous fassions seulement allusion en ce moment aux croquis de la prairie de Vesoul et à l'heureuse et habile restauration du nez, de Jean-Nicolas Robert...

Les aquerelles du salon du Chalet des Lilas, les études de chevaux de la salle à manger, et l'admirable portrait de Marguerite, suspendu dans le boudoir de la jeune femme, étaient des œuvres excessivement remarquables des crayons et des pinceaux d'Henry.

Ainsi que nous le lui avons entendu dire au commandant, il avait certainement en soi l'étoffe d'un artiste véritable, et si la fortune ne lui avait point créé de trop faciles loisirs, il aurait su se créer une position et peut-être se conquérir un nom célèbre...

Au moral, Henry était ce que l'on appelle un

excellent garçon. — Il avait un bon cœur, mais une tête légère. — Il pouvait s'attacher fortement, mais il semblait au moins douteux que ses attachements fussent d'une bien longue durée.

Il s'illusionnait volontiers à cet égard et, comme ses impressions les plus passagères étaient d'une extrême vivacité, il lui semblait qu'elles devaient être éternelles.

Bien souvent, dans le cours de sa vie de jeune homme, il s'était dit :

— J'aime, et c'est pour toujours !...

Quelques mois s'écoulaient, — une idole nouvelle remplaçait l'idole brisée, et la passion, qui devait n'avoir point de fin, se trouvait réduite aux humbles proportions d'un simple caprice ; — ce qui n'empêchait point Henry de croire très naïvement et très fermement à sa constance naturelle.

— Je n'aimerai véritablement qu'une fois dans ma vie, — pensait-il avec une entière sincérité. — Quand j'aurai rencontré la femme que je dois aimer uniquement, exclusivement, je ne chercherai plus...

Henry rencontra Marguerite, et il crut avoir enfin trouvé.

*
* *

Les premiers mois, — disons presque la pre-

mière année, — du séjour des deux jeunes gens au
Chalet des Lilas réalisèrent le plus parfait bonheur
qu'il soit possible de rencontrer ici-bas.

Si des joies aussi complètes, aussi enivrantes,
aussi variées dans leur unité, pouvaient être dura-
bles, il ne faudrait plus songer au ciel, — le paradis
serait sur la terre !...

Quelles félicités se peuvent comparer, en effet, à
celles de ces deux amants, jeunes et beaux, éperdument épris l'un de l'autre, toujours seuls, toujours
réunis dans une demeure charmante, cachée comme
un nid sous l'ombre épaisse des grands arbres ?

Autour d'eux, dans l'atmosphère tiède, les fleurs
innombrables de leurs corbeilles répandaient ces
parfums qui sont les suaves émanations de la terre
amoureuse du printemps...

Cachés sous l'herbe verte des pelouses, les in-
sectes se cherchaient l'un l'autre, et leurs bourdon-
nements parlaient d'amour...

Dans la feuille épaisse, le rosignol chantait, — et
les notes de sa chanson redisaient un hymne d'a-
mour...

Et parmi toutes ces ardeurs, Henry et Marguerite marchaient lentement et d'un pas distrait sur
le sable blanc des allées.

Le bras d'Henry soutenait mollement la taille
frémissante de sa jeune maîtresse.

La tête adorable de Marguerite s'appuyait avec

une langueur énervée sur l'épaule de son amant.

Les lèvres d'Henry se plongeait dans les masses onduleuses de ses cheveux épais, dont elles aspiraient avec ivresse les douces et pénétrantes senteurs.

Par instants Marguerite levait les yeux, tandis qu'Henry abaissait les siens. — Leurs regards se croisaient, — se plongeaient longuement l'un dans l'autre, et semblaient se confondre en un seul...

L'étreinte du bras du jeune homme devenait alors plu sétroite, et de même que les regards des amants venaient de s'unir, leurs lèvres s'unissaient...

Ainsi passaient les heures du matin.

Puis, la chaleur venue, Henry et Marguerite s'en allaient, la main dans la main, s'asseoir sur la mousse au pied d'un grand arbre.

Gibby, qui les avait suivis, courait après les papillons et ensuite, fatiguée des ces chasses folles, se couchait au soleil et s'endormait près d'eux.

Henry ouvrait un livre et lisait tout haut.

Si ce livre racontait quelque histoire d'amour, Marguerite écoutait la prose de l'auteur... — sinon, elle n'écoutait que la voix d'Henry, et cette voix adorée la berçait comme le plus doux de tous les chants.

Les journées s'écoulaient, — trop courtes.

Le soir, parfois, quand la nuit tombée garantissait les promeneurs contre toute chance de ren-

contre, les deux amants quittaient leur maison et
leur jardin, et s'en allaient faire de longues promenades sous les arbres séculaires de cette avenue
quasi royale qui va rejoindre la forêt de Saint-Ger-
main.

Ou bien, dans la chaloupe légère achetée par
Henry, ils descendaient le cours des eaux calmes
et pures de la Seine, tandis que les rayons de la
pleine lune se reflétaient, comme des lames d'argent brisées, parmi les grandes ombres des peu-
pliers, dans le sillage de la barque...

Souvent alors Henry laissait flotter les avirons,
tandis que Marguerite venait se poser sur son cœur
et que, pendant de longs dialogues silencieux,
ils échangeaient des baisers au lieu de paroles...

C'est ainsi que passaient les soirs.

. . . .
. . . .

XXIII

L'hiver amena d'autres plaisirs.

Ce furent les promenades dans la neige, sous les coups d'aile de la bise piquante qui rendait Marguerite si jolie, en colorant, d'un vif incarnat ses joues presque toujours un peu pâles.

Ce furent les longues soirées dans la chambre bien close, — tandis qu'au dehors le vent sifflait et faisait rage, comme un vol de sorcières, ébranlant jusque dans leurs racines les arbres géants dont il ployait les cimes, — et qu'à l'intérieur les flammes joyeuses pétillant dans l'âtre éclairaient de leurs lueurs tremblantes la tenture de toile perse, et, sous les doubles rideaux, le lit entr'ouvert...

— Ah! — se disait Henry dans les extases de son ivresse permanente, — je le savais bien, moi, que cette fois j'aimais d'un véritable amour qui ne finira pas !...

Henry était de bonne foi. — Malheureusement il se trompait.

Semblable à ces feux d'une impétuosité sans pareille, qui dévorent en un instant tout ce qu'ils touchent et qui s'éteignent bientôt faute d'aliments nouveaux, son amour devait s'user vite, en raison même de son ardeur.

D'ailleurs, pour une nature éprise du changement comme l'était celle du jeune homme, la possession constante devait vite amener la satiété ; la solitude à deux devait être troublée par l'arrivée d'un visiteur importun : — l'ennui.

Quand revint le printemps, Henry refusait de s'avouer à lui-même que cet éternel tête-à-tête, qui jadis réalisait pour lui les voluptés du ciel, lui semblait maintenant monotone.

Mais il avait beau se répéter qu'il adorait Marguerite plus que jamais, et que pas un nuage ne jetait son ombre sur l'azur infini de son bonheur, — il ne venait point à bout de se convaincre lui-même.

Malgré ses efforts consciencieux pour trouver les heures rapides et pour se figurer qu'il n'accepterait aucune modification dans sa vie, Henry se sentait écrasé par la longueur interminable des journées, et à son insu il suppliait le hasard de lui envoyer une diversion, quelle qu'elle fût.

Ce n'est pas qu'Henry eût cessé d'aimer Marguerite, — bien loin de là... — mais l'affection toujours fort tendre qu'il conservait pour elle avait en quelque sorte changé de nature.

Ce n'était plus désormais la passion fiévreuse, le délire sans cesse renaissant qu'éprouve un amant près de sa maîtresse... — c'était l'attachement plus calme, affectueux, plein de respect et de dévouement, qu'après quelques années de mariage un mari ressent pour sa femme.

Aimer ainsi au bout d'un an, pour Henry c'était beaucoup, c'était plus, sans contredit, qu'il n'aurait paru possible et vraisemblable d'attendre et d'espérer de lui.

D'habitude, après un temps bien moins long, l'indifférence et presque le dégoût succédaient chez le jeune homme aux passions les plus impétueuses !...

Malheureusement l'amour de Marguerite n'avait point subi la même transformation que celui de son amant.

La pauvre enfant avait un de ces cœurs taillés par la main de Dieu lui-même dans un diamant pur, et qui ne s'amollissent qu'une seule fois sous un souffle de feu.

Quand un semblable cœur s'est donné, c'est pour toujours !...

Rien encore n'était changé dans les manifestations extérieures de la tendresse d'Henry Varner, et cependant Marguerite souffrait déjà.

Eclairée par l'instinct étrange et presque infaillible de la femme aimante, elle comprenait qu'une partie de l'âme de son amant se retirait d'elle. — Marguerite sentait bien qu'elle tenait encore une grande place dans la vie d'Henry, mais que désormais, cependant, elle n'était plus tout pour lui.

Trop fière pour se plaindre, — trop intelligente d'ailleurs pour ne pas comprendre qu'en matière de sentiment les plaintes n'ont jamais produit de bons résultats, et que ce n'est point par des reproches, des larmes et des prières qu'on ramène un cœur qui s'en va ; — Marguerite, avec cette pudeur de l'âme qui est la sœur de la chasteté du corps, cacha sa blessure naissante.

Seulement, — pareils aux feuilles de la sensitive, — quelques-uns des plus délicats pétales de son cœur se reployèrent sur eux-mêmes.

Pour la première fois depuis qu'elle était entrée dans cette période de bonheur qui maintenant touchait à son terme, la jeune femme jeta vers le passé son regard que n'éblouissaient plus les radieuses lueurs de l'avenir.

— J'ai été trop heureuse... — se dit-elle. — Si je l'étais longtemps ainsi, Dieu ne serait pas juste. — Je viens de traverser des joies sans bornes, inique récompense d'une faute irréparable... — Ces joies

ne pouvaient durer toujours... — L'expiation va
commencer sans doute...

Marguerite ne se trompait pas.

Peu à peu quelques symptômes de lassitude, de
jour en jour et d'heure en heure plus visibles, se
manifestèrent chez Henry.

Après six mois passés dans une petite ville de
province, — après une année de solitude à deux au
Chalet des Lilas, — le jeune homme éprouvait la
nostalgie du bruit et du mouvement.

Aux harmonieux murmures de la brise passant
dans les feuillages des grands arbres, il aurait
préféré cent fois le tapage assourdissant des rues
de Paris, et l'implacable bruit des chevaux et des
voitures broyant incessamment le pavé.

Pendant tout le cours de la première année, il n'a-
vait quitté Maisons-Laffitte que de loin en loin, le
moins possible, et quand la nécessité d'aller pour
une heure à Paris était absolue.

Maintenant, chaque semaine et quelquefois plus
souvent encore, il se forgeait des prétextes futiles
ou même tout à fait imaginaires pour courir à la
grande ville et pour fouler d'un pied fiévreux, pendant des journées entières, l'asphalte des boulevards.

Et, ces jours-là, la pensée qu'il faudrait le soir
retourner au Chalet, lui causait une sensation à peu
près pareille à celle du prisonnier sur parole qui,

après quelques heures de liberté, songe à retourner prendre sa chaîne.

Ce n'est pas sans dessein, croyez-le, que nous venons d'écrire le mot *chaîne.*

Henry se sentait *enchaîné*, et il l'était en effet par un de ces liens qu'un honnête homme ne saurait rompre sans honte, puisqu'il en a lui-même serré les nœuds inextricables.

Il avait enlevé Marguerite à son mari, — à son intérieur, — il avait brisé sa vie. — Il ne pouvait, ni maintenant ni jamais, abandonner la femme qui pour lui, et pour lui seul, avait tout quitté.

Il arrive souvent, — et, si nous voulions citer, les exemples ne nous manqueraient pas, — il arrive souvent, disons-nous, que les unions cimentées par l'adultère deviennent aussi indissolubles que celles consacrées par le mariage.

Leurs chaînes alors, d'autant plus lourdes qu'elles sont illégitimes, se changent pour l'un des complices, parfois même pour tous les deux, en véritables chaînes de forçats.

Et c'est à propos de ceux-là que l'auteur de ce livre a, dans un précédent ouvrage, créé cette expression : *les galériens de l'amour* (1).

Aucune des nuances de ce qui se passait dans l'esprit et dans le cœur de son amant n'échappait à Marguerite.

(1) *Les Valets-de-Cœur.*

Elle pleurait souvent, et elle cachait avec soin ses larmes.

*
* *

A une distance d'un quart d'heure ou vingt minutes du Chalet des Lilas, — isolée comme elle, et comme elle dominant la vallée de la Seine, se trouvait une construction assez bizarre.

C'était, au milieu d'un grand jardin, un assemblage irrégulier de bâtiments prétentieux, offrant, par le caprice d'un architecte mal inspiré, des échantillons des styles les plus disparates.

Au-dessus de cet ensemble incohérent s'élevait, pareille au donjon d'une forteresse du moyen âge, une tour à créneaux, très élevée et dominant une bonne partie du parc de Maisons.

Dans la Colonie, on l'appelait généralement *la Tour de Nesle.*

Voici pourquoi :

L'habitation que nous venons de décrire était louée chaque année, à frais communs, par une société d'une douzaine de jeunes gens plus ou moins riches et occupant dans le monde des positions différentes, mais intimement liés les uns avec les autres et très épris du plaisir sous toutes ses formes.

Aucun de ces jeunes gens n'était installé à demeure dans la maison qui appartenait à tous... — ils venaient seulement, soit isolés, soit réunis, y faire des parties ultra-joyeuses, qui dans le pays avaient la réputation de tourner parfois à l'orgie telle que la comprennent les Parisiens de la décadence.

Rarement on passait dans les alentours du donjon sans voir, au sommet de la plate-forme, des châles ou des écharpes flotter au vent, — sans entendre des chants joyeux et souvent érotiques, — les accords d'un piano jouant quelque valse ou quelque polka, — des chocs de verres, — des cris et des rires de femmes.

Les inoffensives orgies dont la tour moderne était le théâtre lui avaient valu le surnom de cet autre donjon où Marguerite de Bourgogne faisait du poignard des assassins le dénouement de ses sanglantes débauches.

Le jardin de la Tour de Nesle était clos par un treillage semblable à celui qui faisait une ceinture au jardin du Chalet.

Un berceau de verdure s'adossait à ce treillage dans l'un des angles formés par deux avenues qui se croisaient. — Sous ce berceau se trouvaient une table ronde et une dizaine de chaises, — le tout en fer, peint de façon à imiter le bambou.

Une après-midi, Henry promenait à travers le

parc sa fatigue morale, son ennui, son désœuvrement.

Il avait emmené Gibby qui bondissait à perdre haleine, pourchassait les lapins dans les taillis, et revenait ensuite, après ses chasses infructueuses, cabrioler gaiement autour de lui.

Et tout en la regardant, il se disait :

— Si pourtant cette petite chienne n'était pas venue, un beau soir, se jeter dans mes jambes, je serais libre aujourd'hui... libre comme je l''étais jadis !...

Il repoussait alors Gibby brusquement, au lieu de lui accorder la caresse convoitée par elle.

Henry arriva près de l'enceinte de la Tour de Nesle.

A mesure qu'il approchait, de joyeuses clameurs, des rires éclatants, des voix féminines, se mêlant à la détonation des bouchons du vin de Champagne qui sautaient, et aux sonorités métalliques de l'argenterie, lui révélaient sous le berceau de verdure la présence d'une nombreuse et folle société de viveurs et de pécheresses.

— Ah ! — pensa le jeune homme, — ils s'amusent, ceux-là !... ils sont heureux !...

Et il s'arrêta pour saisir au passage un écho de cette joie bruyante qui lui semblait si enviable.

En ce moment, une voix s'éleva, — voix de femme tout à la fois douce et mordante, et sur

un air bizarre et vif cette voix dit le couplet suivant :

> Eh ! que m'importe le reste.
> Pourvu qu'on chante en buvant ?...
> Rien ne me plaît, je l'atteste
> Comme une ronde en soupant !...
>
> Roule ! roule !
> Pauvre boule !
> Va ! tu porteras toujours
> Des chansons et des amours !...

— Bravo !! bravo ! — crièrent à plusieurs reprises
les convives invisibles, en battant des mains avec
enthousiasme.

Henry ne bougeait pas.

Cette voix, fraîche et nerveuse, chantant une
chanson d'orgie, produisit sur lui le même effet que
produit un piment sur le gosier d'un gourmet blasé.

14.

XXIV

La voix continua ; puis, après le second couplet :
— Allons... allons... — fit la chanteuse, — allons,
mes enfants, le refrain en chœur, et chaudement !...
Eh ! hop !... — faisons honneur à la musique de
mon chef d'orchestre, M. Nargeot !...

Et les convives reprirent avec feu :

> Roule ! roule !
> Pauvre boule !...
> Va !... tu porteras toujours,
> Des vins vieux et des amours...

— Je voudrais voir cette femme... — se dit
Henry.

Et tout aussitôt il chercha le moyen de satisfaire
le désir qui venait de se formuler dans son esprit.

Il s'approcha sans bruit du treillage, — il écarta quelques-unes des larges feuilles de vigne qui le garnissaient, — il parvint ainsi à se ménager une étroite ouverture, suffisante pour laisser arriver sous le berceau son regard curieux.

Les convives étaient au nombre de huit,—quatre hommes et quatre femmes.

Une seule de ces femmes attira l'attention d'Henry.

C'était précisément celle qui chantait.

Debout en face de lui, et tenant de la main droite avec un geste fier et gracieux sa coupe à moitié remplie de vin de Champagne, elle se préparait à entamer le troisième couplet.

Elle était grande et mince, — âgée de vingt-deux ou vingt-trois ans tout au plus, — d'une beauté souveraine, — résolue, — sûre d'elle-même.

Elle portait haut la tête ; — elle avait un teint d'une pâleur mate et dorée comme celui d'une Transtévérine ; — des yeux noirs remplis de flammes qui décelaient l'ardeur d'une puissante nature ; — des lèvres rouges un peu charnues, modelées admirablement et toujours humides.

Elle avait une incroyable abondance de cheveux noirs et veloutés, à reflets bleuâtres qui, tordus trois ou quatre fois derrière sa tête, formaient encore une double natte au-dessus de ses bandeaux.

Elle était vêtue d'une robe de mousseline d'un rose pâle, — traînant comme une jupe de cour, — à mille volants aussi largement étoffés que les paniers de nos grand'mères (1).

Le corsage, hardiment décolleté, semblait près d'éclater sous l'effort des richesses de son buste. — On devinait, à travers l'étoffe, la chair des volup- tueuses bacchantes de Rubens, le peintre de la chair par excellence.

Les bras sculptés dans un marbre blanc rosé, et terminés par des mains royales, ressemblaient aux bras de mademoiselle Georges à vingt ans, et sor- taient à demi nus des manches larges aux den- telles flottantes.

Il y avait autour de cette femme une atmosphère de fièvre et de désirs.

Involontairement, en fixant ses yeux sur elle, on pensait à Messaline, la courtisane antique.

Et l'on pensait aussi à ces femmes de la Ré- gence, — à ces Erigones échevelées, — enivrantes héroïnes des soupers du Palais-Royal et des satur- nales de Monceaux...

Henry, en la regardant, sentit battre violemment son cœur qui depuis quelque temps déjà ne battait plus.

(1) Nous rappelons à nos lectrices qu'il s'agit ici des modes de 1856.

(*Note de l'auteur.*)

— Troisième couplet ! — dit la belle fille.

Et elle continua avec un redoublement d'entrain.

— Bravo, Paméla ! — cria le chœur après le couplet.

Puis les voix des convives reprirent, avec une ardeur qui témoignait des progrès de l'ébriété croissante :

> Roule !... roule !...
> Pauvre boule.
> Va !... — tu porteras toujours
> Des flacons et des amours !

— Elle s'appelle Paméla, — pensa le jeune homme, — et tout à l'heure elle a parlé de son chef d'orchestre, M. Nargeot... Or, M. Nargeot est chef d'orchestre du théâtre des Variétés. — Voilà qui est bon à savoir.

La chanteuse de Maisons-Laffitte était bien, en effet, cette comédienne dont la beauté devait être célèbre plus tard, après sa création de *la Rose*, de *la Belle de nuit* et de *la Tulipe*, dans un vaudeville-féerie intitulé : LES FLEURS DE MAI.

Dans d'autres livres nous avons raconté les aventures et les audacieuses roueries de cette princesse de la bohème galante.

A l'époque où nous venons de la rencontrer dans

le jardin de la Tour de Nesles Paméla, quoique dans toute la splendeur de sa merveilleuse beauté, était encore peu connue.

Elle appartenait à un vieux millionnaire qui s'appelait M. de Vaunoy.

Il lui donnait beaucoup d'argent, et elle le trompait en conséquence.

Paméla commença le dernier couplet, que sa gaillardise nous interdit de reproduire, et les convives répétèrent, au milieu du bruit tout à fait de circonstance des baisers qui s'échangeaient et pétillaient comme une mousquetade :

Roule ! roule !...
Pauvre boule.
Va ! — Tu porteras toujours
Des baisers et des amours !...

La chanson était finie et le repas, — commencé sans doute depuis de longues heures, — l'était également.

Viveurs et pécheresses quittèrent l'abri du berceau de verdure pour se disperser dans les détours du jardin, où nous ne les suivrons point.

Henry, pensif et en proie à une émotion bizarre, reprit lentement le chemin du Chalet des Lilas.

Tout en suivant les sentiers ombreux qui le rapprochaient de Marguerite, il répétait tout bas le nom de *Paméla*, et ses lèvres murmuraient le refrain de la comédienne :

> Roule!... roule !
> Pauvre boule.
> Va !... — Tu porteras toujours
> Des baisers et des amours !...

Le lendemain, par l'un des premiers trains, Henry partait pour Paris.

La concierge du théâtre des Variétés, séduite par l'irrésistible appât d'une pièce d'or, lui livra sans trop de difficulté l'adresse de mademoiselle Paméla.

Vers deux heures de l'après-midi le jeune homme se présentait à cette adresse et faisait remettre sa carte.

La porte de Paméla n'était fermée qu'aux créanciers. — La comédienne faisant des planches du théâtre l'antichambre de son boudoir, il fallait bien que le temple fût sans cesse ouvert aux fidèles qui venaient apporter leurs vœux et leurs offrandes à la divinité de ce temple.

Henry fut reçu.

Il ne dit point à Paméla qu'il l'avait vue la veille à Maison-Laffitte pour la première fois, et il inventa séance tenante une historiette assez plausible, afin de persuader à la pécheresse que depuis longtemps déjà elle devait le compter au nombre de ses fervents adorateurs.

La comédienne écouta de l'air le plus bienveillant le récit de cette historiette.

Lorsque Henry eut achevé, elle répondit avec un sourire :

— Eh bien, monsieur, adorez-moi... je n'y vois nul obstacle...

— C'est déjà fait... — Mais vous?...

— Eh bien, moi?...

— M'aimerez-vous aussi?

— Je n'en sais rien, mais pourquoi pas? — Tout dépend de vous, ce me semble... — faites-vous aimer...

Pour se faire aimer de Paméla il existait une méthode extrêmement simple et qui ne manquait jamais son effet... — celle que le bon vieux Jupiter — roi des dieux et des hommes!... — employa jadis avec la jeune Danaé.

Il ne s'agissait que de se métamorphoser en pluie d'or !...

Henry, nous le savons, était riche.

Il mit en œuvre le procédé olympien du mari de madame Junon, et il s'en trouva bien.

Au bout de trois ou quatre jours il avait la joie et l'orgueil de partager avec une demi-douzaine de rivaux les précieuses faveurs de mademoiselle Paméla.

Étrange chose que le cœur humain !! — (ceci est le plus usé des lieux communs, mais c'est en même temps une éternelle et triste vérité !) — Henry, possesseur du plus adorable et du plus aimant de tous les anges, le délaissa, l'oublia presque, pour une drôlesse dont l'amour ou du moins les baisers appartenaient à qui les voulait payer.

Ébloui par la splendide et lascive beauté de Paméla, il ne vit désormais qu'avec une suprême indifférence les charmes si purs, si raphaëlesques de Marguerite ! !

Ainsi va le monde !

Dominé par sa passion nouvelle, il passa les trois quarts de sa vie à Paris.

Nous avons entendu Dominique parler avec une affectueuse compassion du triste isolement de la jeune femme.

Chaque soir, cependant, Henry revenait au Chalet des Lilas, mais c'était pour en repartir le lendemain matin et rester absent pendant la journée tout entière.

C'est à cette époque que Marguerite prit l'habitude quotidienne d'écrire pendant une heure ou deux les pensées pleines d'amertume qui venaient l'assaillir, et les minimes incidents de sa vie solitaire.

Presque sans cesse, maintenant, elle pleurait.

Quand arrivait le soir et qu'approchait l'heure

II.   15

habituelle du retour d'Henry, elle essuyait ses yeux et baignait dans une eau glacée son visage, afin d'effacer toute trace de larmes.

Elle trouvait le sublime courage d'accueillir son amant avec un sourire, et elle ne l'interrogeait jamais afin de lui épargner au moins la honte du mensonge.

Souvent, — pendant ses longues heures de morne abattement, — la jeune femme disait à sa levrette en la caressant :

— Petite Gibby, tu me restes seule !... — Me se-ras-tu fidèle toujours?... — ne t'éloigneras-tu point aussi ?...

D'autres fois, courbant la tête, elle murmurait avec une sombre résignation :

— C'est justice, après tout !... — Je n'ai pas le droit de me plaindre... la peine du talion est légi-time ! — J'ai trompé, — on me trompe ! — J'ai abandonné, — on m'abandonne ! — J'ai fait souf-frir un cœur qui m'aimait... — celui que j'aime fait souffrir mon cœur !... Dieu le veut ainsi... — L'expiation commence... — où s'arrêtera-t-elle?

Un jour, Marguerite eut une sorte d'accès de dé-lire.

Rapidement, et d'une main que la fièvre faisait trembler, elle écrivit sur une feuille de papier quel-ques lignes.

Elle ploya cette feuille, — elle la mit sous enveloppe, et sur l'enveloppe elle traça ces mots :

Monsieur le commandant comte de Ferny,
à Vesoul.

Puis elle sortit, après avoir comme de coutume attaché sur son visage un voile épais, et elle s'en alla dans le village afin de mettre elle-même cette lettre à la poste.

XXV

Il nous faut retourner sur nos pas, — remonter de bien des mois en arrière et quitter Marguerite pour rejoindre le commandant, au moment où, en rentrant chez lui, le lendemain du prétendu départ d'Henry Varner, il trouva sa maison vide et son bonheur parti.

— Marguerite, — cria-t-il depuis le bas de l'escalier, — j'ai fait une pêche miraculeuse ce matin! une anguille et trois perches!! — Si ce pauvre Henry était encore là, il trouverait que j'ai joliment profité de ses leçons!! Viens voir!...

Comme bien on pense Marguerite ne répondit pas; — mais Françoise, la servante, entendant la voix de son maître, ouvrit la porte de la cuisine et se montra.

— Ah! les beaux poissons!... — dit-elle, — les beaux poissons, monsieur!... jamais vous n'en aviez tant pris...

— C'est vrai, ma fille... — mais à l'avenir j'en prendrai bien d'autres.

— Allons, tant mieux!... — ça sera joliment commode pour nos vendredis.

— Est-ce que madame est dans le jardin?...

— Oh! non, monsieur, madame est sortie.

— Sortie!... si matin!... c'est étonnant! En es-tu bien sûre!...

— Oh! oui, monsieur, sans compter qu'il y a déjà joliment longtemps de ça... C'est peut-être trois quarts d'heure après que vous avez été parti, que madame s'en est allée avec Gibby.

— Et elle n'a rien dit?

— Rien.

— Enfin, voici l'heure du déjeuner, — elle rentrera dans un instant...

— Faut-il, monsieur, mettre les côtelettes sur le feu?...

— Non... non... attends que madame soit là... — si elle tardait seulement de cinq minutes, les côtelettes seraient brûlées...

— Ça suffit, on attendra.

M. de Ferny, nullement inquiet mais cependant un peu surpris d'une sortie matinale qui n'était

point dans les habitudes de Marguerite, monta
dans sa chambre.

Les deux premiers objets qui frappèrent ses yeux
furent la lettre et la boîte laissées par la jeune
femme et placées par elle bien en évidence.

D'un seul coup d'œil il reconnut l'écriture.

— Marguerite m'écrit ! — murmura-t-il avec un
froncement de sourcils qui décelait son angoisse
intérieure. — Marguerite m'écrit !... — Que vèut
dire ceci?...

Et non sans peine, — car un tremblement con-
vulsif secouait ses mains, — il brisa le cachet.

Nous savons ce qu'il lut.

A mesure que ses regards couraient sur les
lignes tracées par l'épouse infidèle, les yeux du
commandant s'élargissaient démesurément, de-
venaient hagards, et son visage prenait une expression de douleur et d'épouvante véritablement effrayante.

Quand il eut achevé, la fatale lettre s'échappa de
ses doigts et s'envola à quelques pas.

En même temps, le malheureux vieillard portait
ses deux mains à son front, et tombait comme
foudroyé sur un siège en balbutiant :

— Partie !... elle est partie !... Marguerite... ma
femme... mon enfant... ma bien-aimée... ma vie...
elle est partie... elle ne reviendra pas !... — Ah !
Marguerite, Marguerite !... même coupable, il

fallait rester... — Je t'aimais tant, que j'aurais pardonné...

La tête du commandant se pencha sur sa poitrine et deux ruisseaux de larmes s'échappèrent de ses yeux, — larmes terribles sillonnant ce visage bronzé et mouillant ces moustaches rudes.

De minute en minute il répétait machinalement, et d'une voix faible et brisée :

— Oui, j'aurais pardonné !

Mais tout à coup, — ranimé, ou plutôt galvanisé comme un cadavre dont l'étincelle électrique d'une pile de Volta vient de toucher un muscle, — M. de Ferny se leva, la lèvre contractée et farouche, — les yeux secs, le regard rempli d'éclairs en s'écriant :

— Mais lui !... —lui, son complice !... lui qui m'a volé l'âme de Marguerite, et Marguerite tout entière !... le misérable !... je ne lui pardonnerai pas, à lui !... Ah ! je me vengerai !...

Sans cette pensée soudaine de vengeance qui vint faire diversion aux souffrances, ou pour mieux dire aux tortures qui l'écrasaient, M. de Ferny, — nous le croyons fermement,—aurait succombé sous un fardeau de douleur trop lourd pour sa vieillesse.

La haine, — que pour la première fois il ressentait si violente et si implacable, — lui donna la force de vivre.

Dans la résolution qu'il venait de prendre M. de Ferny trouva l'énergie nécessaire pour se lever, pour commander à son visage de paraître calme, et pour dire à Françoise qu'il appela :

— Il est inutile, ma fille, de servir le déjeuner... — je viens de trouver un petit mot de madame qui me prévient qu'elle est à la campagne, chez une personne de notre connaissance, pour quelques jours, et qui me prie d'aller la rejoindre sur-le-champ... — Je vais partir...

— Sans manger, monsieur ! — répondit la servante qui, la bouche béante et les yeux étonnés, avait écouté la petite explication assez peu vraisemblable du commandant.

— Je mangerai en arrivant à la campagne.

— Comme ça, monsieur et madame seront absents un peu de temps?

— Une semaine au moins, et peut-être plus.

— Eh bien, si c'est comme ça, monsieur, donnez-moi la permission d'aller passer quatre ou cinq jours dans mon pays, qui est Comberjon...

— Je te le permets, ma fille, — pars quand tu voudras.

— Merci, monsieur... — bien des choses à not'-dame, s'il vous plaît... — C'est drôle tout de même qu'elle ait filé en ne me prévenant pas qu'elle partait. — Mais de vrai, ça ne me regardait point, — n'est-ce pas, monsieur?

Le commandant, sans en écouter davantage, sortit de sa maison.

Il alla chez son banquier et lui demanda cinq
mille francs en or.

Il passa la journée entière à errer dans la campagne, en proie à un désespoir morne et profond,
sans manger et sans se reposer un seul instant.

A tort ou à raison, — hélas ! ce fut à tort, —
il espérait engourdir l'âme en épuisant le corps, —
endormir la souffrance morale par la fatigue physique.

Le soir venu, il rentra dans la ville pour attendre
le passage de la malle-poste venant de Mulhouse et
allant à Paris. — Instinctivement il devinait que
les fugitifs avaient dû chercher un asile dans la
grande ville.

Par un hasard peu commun la malle-poste avait
une place libre.

M. de Ferny la prit, et il arrivait à Paris quelques heures après le moment où Henri et Marguerite y étaient arrivés eux-mêmes.

En descendant de voiture rue Jean-Jacques Rous-
seau, dans la cour de l'administration des postes,
après quarante-huit heures d'insomnie et de jeûne,
le vieillard se trouva tellement brisé qu'il fut contraint d'entrer dans le plus prochain hôtel, de prendre un peu de nourriture et de se mettre au lit sur-
le-champ.

Une matinée de sommeil lui rendit la force de
sortir et de commencer ses recherches.

15.

Pour arriver à un résultat, il n'avait qu'un parti à prendre, — aller trouver le préfet de police et lui raconter ce qui venait de se passer.

Les Argus de la brigade de sûreté se seraient lancés à la recherche des deux amants sans perdre une minute et, selon toute vraisemblance, en moins de trois jours la retraite de Marguerite et d'Henry aurait été découverte.

Mais voilà précisément ce que le commandant ne voulait pas faire.

Il répugnait à ce descendant d'une race chevaleresque de mettre des agents de police dans la confidence de son malheur domestique et de l'infidélité de sa femme.

— Je suffirai à tout, et j'y suffirai seul !... — s'était-il dit dans son inexpérience des mystères de la grande ville.

Et il entreprit résolument cette tâche insensée de retrouver un couple qui se cachait au milieu des douze cent mille habitants de la capitale du monde.

Bien peu de jours suffirent pour lui prouver l'inutilité complète, absolue, de ses démarches... — il ne vint pas même à bout de découvrir l'adresse de l'appartement qu'occupait Henry Varner, quand il se trouvait seul à Paris.

Alors s'évanouit en instant l'énergie factice qui jusqu'à cette heure avait soutenu le vieillard.

En comprenant toute l'étendue de son impuis-
sance, en voyant que la vengeance si ardemment
convoitée lui échappait, M. de Ferny devint faible
comme un enfant, au physique et au moral, car
du jour au lendemain son corps si bien conservé
jusqu'alors se voûta et perdit cette martiale tournure qui faisait du premier coup d'œil reconnaître
en lui un vieux soldat. — En même temps son
intelligence déclina d'une façon sensible ; — si bien
qu'aussitôt après son retour à Vesoul, — retour
qui ne tarda guère, — ses anciennes connaissances
ne s'abordaient plus qu'en se disant :

— Ce pauvre commandant, comme il baisse!...

— Il devait pourtant bien s'attendre à ce qui lui
est arrivé... — Quand on a soixante et dix ans et
qu'on épouse une fille de dix-sept ans on est d'a-
vance certain de son affaire !

Nous devons ajouter que le vieux gentilhomme,
tant était grand son affaissement intellectuel, —
racontait volontiers à tout venant, avec de prolixes
et interminables détails, l'infernale habileté des
roueries d'Henry Varner et sa fuite avec la jeune
femme, — et jamais il ne manquait d'ajouter, en
terminant son récit :

— Voilà ce qu'ils ont fait... — et pourtant je les
aimais bien tous les deux... —Et, si Marguerite était
revenue, je l'aimais tant que je lui aurais pardonné...

Dix-huit mois s'écoulèrent.

Le commandant ne vivait plus que d'une vie purement matérielle et en quelque sorte automatique.

Sa tête, très faible désormais, ne lui permettait plus de suivre les combinaisons compliquées du jeu d'échecs.

Du matin au soir, sous son arbre favori, — le saule que nous connaissons, — il jetait sa ligne dans les eaux calmes de la petite rivière, mais sans s'inquiéter du résultat de sa pêche, et souvent même sans songer de tout le jour à renouveler les amorces de ses hameçons.

Un soir, au moment où il venait de rentrer d'un pas incertain et singulièrement alourdi, la servante Françoise, — il l'avait conservée en souvenir de Marguerite, — lui dit :

— Monsieur, comme vous sortiez ce matin le facteur est venu... — Voici une lettre pour vous...

— Ah ! — fit le commandant avec une expression de profonde indifférence.

— Ne voulez-vous pas la prendre et la lire?...

— A quoi bon?

— Dame... à savoir ce qu'il y a dedans.

— Que m'importe?

— Monsieur, je l'ai flairée, cette lettre... — elle sent tout à fait l'odeur de violette que madame portait toujours sur elle quand elle était ici...

Le regard atone du commandant étincela.

Sa taille courbée se redressa, il reprit pour une minute cette attitude de vigueur que depuis bien des mois il avait perdue.

Il étendit la main, et il s'écria :

— Donne... donne vite !

Françoise s'empressa d'obéir.

Les yeux de M. de Ferny s'arrêtèrent sur l'enveloppe carrée de la lettre.

— Son écriture ! — murmura-t-il.

Et, avant de rompre le cachet, il respira pendant quelques secondes le parfum faible et doux dont Françoise avait constaté la présence, et qui lui rappelait si vivement sa Marguerite adorée.

La servante ne bougeait point et elle attachait sur son maître des regards pétillants de curiosité.

Le commandant s'en aperçut.

— Va, ma fille... — lui dit-il... — je te rappellerai plus tard... j'ai besoin d'être seul...

Françoise obéit à contre-cœur et sortit en rechignant.

— Elle m'écrit ! — balbutiait M. de Ferny. — Elle se souvient encore de moi ! — Que me veut-elle donc ?...

Puis, machinalement, il répéta :

— Je l'aimais tant !... —j'aurais pardonné...

Et il brisa le cachet.

Voici ce que disait la lettre :

« J'obéis à la voix de ma concience qui m'ordonne de vous écrire. — Il est juste et bon que vous sachiez par moi l'expiation du crime dont vous avez souffert... Dieu vous venge... L'expiation est complète déjà, et cependant elle n'est pas encore achevée... C'est près de vous qu'était le bonheur... je le vois maintenant, mais trop tard... Si vous m'avez maudite jadis, retirez cette malédiction, celle de Dieu est assez lourde sans que la vôtre s'y joigne... Ce n'est plus de la haine qu'il faut éprouver, c'est de la pitié, pour la bien coupable et bien malheureuse Marguerite. »

Un éclair de joie passa dans les regards de M. de Ferny quand il eut achevé cette courte lecture.

— Elle souffre... — elle est malheureuse!... elle regrette!... peut-être reviendra-t-elle. —Marguerite, Marguerite, reviens, et je pardonnerai... — Oh! si je savais où tu es, j'irais moi-même... j'irais te chercher.. sans colère, sans reproche, le pardon dans le cœur, le pardon sur les lèvres...

XXVI

Tandis que le commandant prononçait ces mots d'une voix basse et profondément émue, ses yeux s'arrêtaient sur l'enveloppe de la lettre, et parmi les différents timbres qui la maculaient ils distinguaient celui-ci : MAISONS-LAFFITTE.

Pour lui ce fut un trait de lumière.

— Elle est là, — se dit-il, — j'y vais.

Le soir même, muni d'une somme suffisante pour faire face aux éventualités d'une absence qui pouvait être longue, il prenait place dans une diligence ; le surlendemain il arrivait à Paris et, le jour suivant, il gagnait l'endroit où, si ses calculs étaient bien fondés, il devait retrouver Marguerite.

A Maisons il se fit donner une chambre à l'auberge du *Cheval blanc*, en annonçant que selon toute apparence il garderait cette chambre pendant quelque temps.

Il s'arrangea aussi pour prendre ses repas à l'auberge.

De cette façon, il se ménageait la bienveillance de l'hôte et de l'hôtesse, et il pouvait compter sur eux pour tous les renseignements dont il aurait besoin.

Dès le lendemain de son arrivée il les questionna d'un air de curiosité indifférente sur la population de la Colonie.

— Nous avons beaucoup de monde ici, — lui répondit la propriétaire de l'auberge, — et tous les jours ça augmente... — on bâtit à droite, — on bâtit à gauche, — on bâtit partout.

— Connaissez-vous de nom tous les Parisiens et tous les étrangers qui passent l'été à Maisons !...

— A peu près... — Dame ! vous comprenez, monsieur, — on entend parler de l'un et de l'autre.

— N'avez-vous pas ici un jeune homme qui s'appelle M. Varner?

L'hôte fouilla un instant dans les cases de sa mémoire, et ne trouva rien car il répondit :

— Un M. Varner?... — Ma foi non, monsieur, je ne connais pas ça...

— Un grand jeune homme brun...

Après une seconde d'hésitation, le commandant ajouta :

— Avec une jeune femme brune aussi, un peu pâle, très belle ?...

— Dame ! monsieur, vous comprenez, nous avons peut-être ici vingt ménages et plus qui ressemblent à ce que vous dites, excepté seulement que les jeunes femmes très belles ne sont pas communes. — Mais, dans tous ces ménages-là, il n'y a pas de Varner... — Attendez, attendez pourtant, je connais un Vernier, un petit blond un peu bossu, tirant sur le roux... Ça ne serait pas ça, par hasard? — Du reste, le Vernier de qui je vous parle est garçon... il vient à Maisons tous les dimanches...

M. de Ferny comprit qu'il ne tirerait rien de l'aubergiste, et sa tâche lui sembla plus difficile qu'il ne l'avait supposé d'abord.

Un moment de réflexion lui prouva qu'Henry Varner, si en effet il habitait Maisons-Laffitte, ne devait pas s'y trouver sous son nom véritable.

Comment, au milieu des centaines de villas de la Colonie, découvrir celle qu'il avait choisie pour en faire la retraite de Marguerite?

C'est principalement sur le hasard qu'il fallait compter pour cette découverte, car M. de Ferny n'admettait pas plus l'idée de s'adresser au maire ou au commissaire de Maisons-Laffitte en cette cir-

constance, qu'il ne l'avait admise dix-huit mois
auparavant, quand il ne s'était point décidé à recourir à l'adroite intervention de la police de Paris.

Mais le hasard, — même lorsqu'il veut bien se
donner la peine de venir en aide aux gens, — leur
fait parfois attendre longtemps ses services.

Le commandant en eut la preuve.

Pendant des semaines il passa ses journées entières à errer dans le parc, explorant sans relâche
les innombrables avenues qui bordent les maisons
de la Colonie, et espérant toujours que d'un moment à l'autre une circonstance imprévue lui ferait rencontrer ce qu'il cherchait.

Nous qui connaissons les habitudes de Marguerite, nous savons combien cette rencontre était peu
probable puisque la jeune femme, depuis l'époque
où son amant la délaissait d'une façon complète,
ne franchissait pour ainsi dire jamais les limites de
son jardin.

Plus d'une fois le commandant passa devant la
grille du Chalet des Lilas sans que rien vînt l'avertir que derrière ces treillages verdoyants Marguerite vivait et pleurait.

Enfin un matin, et au moment où M. de Ferny
sortant de l'auberge du *Cheval blanc* se disposait
à entrer dans le parc pour y continuer ses explora-
tions quotidiennes, la circonstance fortuite vai-

nement attendue jusque-là se présenta tout à coup.

Le commandant ne rencontra point Marguerite, mais il se trouva à dix pas d'Henry qui courait au chemin de fer, et qui passa rapidement à côté de lui sans le regarder.

La vue de ce jeune homme qu'il avait aimé comme un fils, et qui lâchement avait profité de son expansive et confiante affection pour séduire sa femme, produisit sur M. de Ferny l'effet d'un coup de massue appliqué en pleine poitrine.

Presque défaillant, il fut obligé de s'asseoir sur l'un des bancs de pierre qui se rencontrent à chaque pas dans les avenues, et pendant des heures il éprouva un tremblement nerveux, suite inévitable de la commotion violente qu'il venait de recevoir.

Cependant ce malaise se dissipa dans le cours de la journée et le commandant, certain désormais qu'il se trouvait sur la bonne voie et que l'extrémité du fil conducteur était entre ses mains, alla s'installer auprès du débarcadère afin qu'aucun voyageur, amené par les convois venant de Paris, ne pût regagner Maisons-Laffitte sans avoir passé sous ses yeux.

Vers six heures, et au milieu du flot des arrivants, le vieillard reconnut Henry.

Il suivit sa trace de loin, avec des précautions

suffisantes pour ne pouvoir lui donner l'éveil, et il le vit entrer au Chalet.

Avons-nous besoin d'affirmer à nos lecteurs que pendant la nuit qui suivit cette découverte M. de Ferny, en proie à une fiévreuse insomnie, ne ferma pas l'œil un instant ?...

— Maintenant, — se demandait-il, — que vais-je faire?

Et il ne pouvait se répondre.

La question était en effet difficile à résoudre pour un homme qui ne voulait point recourir à la protection légale, franchir, escorté des agents de l'autorité, le seuil du domicile illégal, et dire à la femme coupable :

— Au nom de la loi qui m'a fait votre maître, je vous ordonne de me suivre !...

Enfin, après de longues heures de luttes pénibles entre cent volontés diverses, le commandant prit un parti.

Marguerite était malheureuse. — Ceci ressortait surabondamment de sa lettre à son mari.

M. de Ferny résolut, avant toutes choses, de connaître les motifs de souffrance de la jeune femme...

Il voulut descendre jusqu'au fond de ses douleurs et savoir si les remords de la faute commise étaient leur unique cause, et si la conduite d'Henry ne contribuait point à faire couler les larmes que versait Marguerite.

En conséquence, et à partir de ce jour, il se fit l'espion non pas de Marguerite mais d'Henry.

Nous savons déjà que ce dernier, devenu le très humble serviteur de la comédienne Paméla, mettait dans le désordre de sa vie une assez grande régularité.

Ainsi, c'était presque toujours à la même heure qu'il partait le matin de Maisons-Laffitte.

Presque toujours aussi c'était à la même heure qu'il revenait le soir.

Rien ne fut plus facile à M. de Ferny que de prendre place pendant plusieurs jours de suite, et sans attirer l'attention, dans le train qui emmenait Henry à Paris.

Dans l'intérieur même de la gare le jeune homme appelait un coupé et se faisait conduire chez Paméla.

Derrière lui le vieillard montait en voiture et suivait, sans le perdre de vue un seul instant, le coupé qui l'emportait.

Il ne fallut pas longtemps de ce manège à M. de Ferny pour acquérir la certitude que Marguerite était, sinon abandonnée du moins complètement délaissée pour une autre femme.

Moyennant quelque argent donné aux portiers de Paméla, — (membres de cette race malfaisante qui ne demande qu'à médire, quand par hasard elle ne

calomnie pas), — le commandant apprit ce que
c'était que cette femme, et son cœur se souleva de
honte et d'indignation.

En même temps, et par un effet naturel et facile
à comprendre, sa haine pour Henry, son désir de
vengeance, se ravivèrent et reprirent la même impétuosité, la même ardeur sauvage qu'ils avaient
aux premiers moments qui suivirent l'offense.

— Ah! — murmura le commandant, — pour un
pareil misérable, je ne connais pas de châtiment
qui ne soit trop doux!...

Pendant deux jours M. de Ferny combina son
plan.

Le surlendemain il en commença l'exécution.

D'abord, et dès le matin, il régla son compte à
l'auberge du *Cheval blanc*.

— Comme ça, monsieur, — dit l'hôte en empo-
chant le montant de la note, — vous nous quittez
malgré le beau temps?...

— Oui, je suis forcé de partir...

— Et reviendrez-vous, monsieur?...

— Je ne crois pas...

La valise du commandant fut portée au chemin
de fer, et lui-même prit un train qui le conduisit à
Paris où il coucha.

Le lendemain matin, il fit l'emplette d'un couteau
bien trempé.

Ce couteau, — disons-le tout de suite, — n'était point destiné à un meurtre.

Malgré la haine profonde et légitime que lui inspirait Henry, le commandant avait une trop loyale nature pour admettre la pensée de verser le sang et de devenir un meurtrier, — même dans l'une de ces situations terribles où la loi justifie la vengeance du mari.

Le couteau devait tout simplement servir à pratiquer dans le treillage de clôture du jardin une ouverture assez large pour qu'elle pût livrer passage.

— Par cette ouverture, — se disait-il, — j'entrerai, — je me cacherai dans un massif jusqu'à ce que Marguerite passe auprès de moi.—Je me montrerai alors, — je calmerai sa terreur, si elle en éprouve à ma vue. — Je lui parlerai, — je lui révélerai dans dans tous ses détails la conduite infâme du misérable qu'elle a suivi. — Je la déciderai à l'abandonner, à partir avec moi. — Je l'emmènerai bien loin, bien loin, dans un endroit où personne ne nous connaîtra... où personne n'aura entendu parler de sa faute... — Elle sera heureuse... heureuse avec moi... — et son bonheur sera la joie de mes derniers jours...

A ces pensées le vieillard souriait.

Mais un nuage sombre passait tout à coup sur son visage, et il murmurait :

— Mais si elle l'aime encore... — si elle refuse de le quitter... — si elle ne veut point partir ?...

Un menaçant éclair sillonnait alors les regards de M. de Ferny, et il reprenait avec un sinistre hochement de tête :

— Si cela est ainsi, tant pis pour son amant !... — Je l'attendrai et je le tuerai !...

*
* *

Les derrières du jardin touchaient à des bois taillis que n'environnait aucune clôture.

Il fut très facile au commandant de se glisser jusqu'à la palissade, formée de lattes peintes en vert et assujetties les unes contre les autres par des fils de fer.

Au bout de moins d'une heure de travail, les fils de fer rompus et les lattes coupées laissaient libre un espace de trois pieds de haut sur deux pieds de large.

Le commandant courba sa haute taille et passa.

Des massifs très épais de lilas, de seringas et de boules de neige remplissaient l'espace de terrain compris entre la palissade et l'allée.

Cette allée faisait un circuit et, tout près des buissons odorants derrière lesquels se cacha M. de Ferny, aboutissait à une sorte de salle de verdure couronnée par le feuillage épais d'un vieux marronnier dont les branchages se courbaient comme ceux d'un frêne pleureur pour former la voûte.

Sous cette voûte se trouvaient des chaises et une table rustiques.

C'était là que, l'année précédente, Henry et Marguerite venaient si souvent, enlacés aux bras l'un de l'autre, passer de longues et douces heures...

C'était là que, seule maintenant, la jeune femme venait pleurer.

Au moment où M. de Ferny s'introduisait dans le jardin, la salle de verdure était déserte.

Un livre, oublié par Marguerite le matin, se trouvait sur la table.

Le commandant s'approcha du livre dont les pages gardaient les traces de larmes récentes, et lut ce titre : *Marianna.*

Mais le vieillard ne connaissait pas le beau roman de Jules Sandeau et ne put comprendre pourquoi Marguerite le lisait et pleurait en le lisant.

Il regagna sa cachette.

— Elle va venir, — se disait-il.

XXVII

Les heures s'écoulèrent.

Marguerite ne se montra point au jardin.

M. de Ferny entendit de loin siffler la vapeur du convoi qui, d'habitude, ramenait Henry à Maisons-Laffitte.

Le convoi passa.

Au bout d'une demi-heure le jeune homme n'avait pas encore paru au Chalet, — donc il était resté à Paris et ne reviendrait sans doute que beaucoup plus tard.

Le soleil avait disparu, — l'obscurité arrivait rapidement et les étoiles s'allumaient les unes après les autres.

Les faibles clartés du crépuscule permettaient de distinguer vaguement les blanches murailles du pavillon ; — mais sous la voûte de verdure tout était sombre comme à minuit.

Au clocher de l'église de Maisons, huit heures sonnèrent.

Au bout de quelques secondes, l'horloge du château sonna également.

Alors, dans les ténèbres visibles de l'allée obscure au bout de laquelle se trouvait le vieillard, une forme féminine presque indistincte apparut.

C'était Marguerite qui marchait lentement et la tête baissée.

Le cœur de M. de Ferny cessa de battre.

Les petits pieds de la jeune femme produisaient en froissant le sable un bruissement presque imperceptible.

Au moment d'atteindre la salle de verdure, elle s'arrêta et retourna sur ses pas.

Elle fit dans l'autre sens le tour du jardin, s'arrêtant de minute en minute et prêtant l'oreille.

Sans doute elle espérait entendre le bruit de la marche rapide de son amant revenant enfin.

Mais son attente était déçue. — Aux environs du Chalet tout restait silencieux.

Marguerite mit ainsi plus d'une demi-heure à faire un trajet qu'elle pouvait effectuer facilement en cinq minutes.

Enfin elle arriva sous la voûte formée par le marronnier.

Son mari était là, — près d'elle, — à trois pas à peine, — étouffant de son mieux sa respiration haletante.

Elle s'assit, ou plutôt elle se laissa tomber sur l'une des chaises rustiques, et elle murmura :

— Mon Dieu, je n'ai pas vingt ans !... combien ma vie sera longue encore !...

M. de Ferny, que les ténèbres protégeaient, avait quitté le massif dans lequel il s'était caché tout le jour, et s'adossait au tronc d'un vieil arbre sur la lisière de la salle verte.

Il fit un mouvement pour s'avancer jusqu'à Marguerite et pour lui dire :

— C'est moi... moi, ton mari, ou plutôt ton ami... — moi qui viens te sauver de toi-même et de lui...

Mais une réflexion l'arrêta.

— Marguerite ne pouvant me voir, — pensa-t-il, — ne pourra me reconnaître dans le premier moment... La frayeur l'empêchera d'entendre mes paroles... — elle s'enfuira... — elle appellera à son aide... — Comment me présenter à elle sans l'épouvanter ?...

Il en était là de ses réflexions, et il cherchait un moyen qu'il ne trouvait pas, quand soudain la cloche de la grille retentit, agitée par une main qui ne pouvait être que la main du maître.

Marguerite se leva vivement.

— Ah! — s'écria-t-elle avec une sorte de fièvre,
— c'est lui!... enfin c'est lui!...

Et elle s'élança vers la grille.

Toute la haine amassée depuis si longtemps dans
le cœur de M. de Ferny contre Henry Varner se mit
à bouillonner et, courant dans ses veines avec son
sang, produisit en lui une ivresse rapide et terrible.

— Le voici! — se dit-il, — le voici, cet homme!...
— ce lâche!... — ce voleur!... — cet infâme! —
Eh bien! il me verra face à face!!...

Surexcité par cette ivresse dont nous venons de
parler, le commandant marcha sur les pas de Marguerite; — mais, au lieu de la suivre jusqu'à la
grille, il entra dans la maison et, guidé par une faible
lumière qui s'échappait de la chambre à coucher
restée entr'ouverte, il gravit rapidement l'escalier
du premier étage et se cacha dans le boudoir que
nous connaissons et où de profondes ténèbres l'en-
veloppèrent.

Henry et Marguerite montèrent à leur tour et re-
fermèrent sur eux la porte de la chambre.

A travers la frêle cloison contre laquelle il appuyait son oreille le commandant ne pouvait rien
voir mais pouvait tout entendre.

Henry revenait de fort mauvaise humeur et avec
les nerfs horriblement agacés. — Il avait passé la
journée entière à attendre chez elle mademoiselle
Paméla, qui n'était pas rentrée.

16.

Or, quand mademoiselle Paméla ne rentrait pas de tout le jour, il était très facile de deviner à quoi elle employait son temps. — Et c'est précisément l'emploi de ce temps qui causait l'exaspération d'Henry.

Pendant quelques secondes il se promena de long en large dans la chambre, sans adresser la parole à sa maîtresse. — A coup sûr il aurait donné beaucoup pour avoir un prétexte de querelle, afin d'épancher à son aise la mauvaise humeur qui débordait en lui... — mais ce prétexte était difficile à trouver, car nous savons déjà que la pauvre Marguerite ne se plaignait jamais.

Enfin il s'arrêta brusquement devant elle.

— Pourquoi donc, — lui demanda-t-il, — pourquoi donc as-tu les yeux rouges ?

— Sans doute parce que j'ai pleuré, mon ami... — répondit la jeune femme avec douceur.

— Ah ! tu as pleuré !!...

— Je ne puis vous le cacher, puisque vous voyez les traces de mes larmes.

— Et peut-on, — répliqua-t-il, — connaître le motif de ces larmes ?...

— Parfaitement...

— Eh bien ?...

— J'étais inquiète...

— Inquiète de moi ? — fit Henry d'un ton railleur.

— Oui, mon ami, de vous !...

— Et à quel propos, mon Dieu ?...

— A propos de votre absence qui se prolongeait.

— Ah çà ! est-ce que je ne suis pas le maître, par hasard, de rentrer quand bon me semble et à l'heure qui me convient ?...

— Vous en êtes le maître.

— Et même, — continua Henry qui s'animait en voyant poindre le prétexte de la querelle souhaitée, — et même de ne pas rentrer du tout ?...

— Hélas ! — balbutia Marguerite, — c'est ce que vous ferez bientôt !...

— Est-ce un reproche ?...

— Non.

— Qu'est-ce donc ?

— Une simple réponse aux paroles que vous venez de prononcer. — Vous savez bien, mon ami, que je ne me permettrais pas de reproches... Je n'ai ni le pouvoir, ni la volonté de vous en faire... Vous êtes le maître de vos actions... vous avez le droit d'aller chercher ailleurs un bonheur que je ne puis plus vous donner...

— Que signifie cela ? — s'écria Henry avec colère. — De quel bonheur parlez-vous, et que voulez-vous dire ?

— Ce que je dis, et pas autre chose...

— Alors, de quoi vous plaignez-vous ?

— Je ne me plains pas, je suis résignée...

Henry frappa du pied avec véhémence.

— Quels grands mots à propos de rien ! — fit-il ensuite. — Vous savez pourtant à merveille que j'aime la simplicité, et que les phrases prétentieuses m'excèdent et m'énervent... — Finissons-en donc avec ces manières étranges que vous prenez depuis quelque temps !... — S'il vous plaît de pleurer sans raison et de vous poser en victime sans avoir subi le moindre martyre, cela me déplaît souverainement, à moi ! Je déteste les yeux rouges et les visages résignés... — D'ailleurs, à quel propos ces larmes et à quoi donc vous résignez-vous ?...

Les paroles d'Henry, et surtout le ton d'amère ironie avec lequel elles furent prononcées, blessèrent profondément Marguerite.

Elle releva la tête et regarda son amant en face, mais sans parler.

— Eh bien ! oui, — répéta le jeune homme d'un air de défi, — à quoi donc vous résignez-vous ?...

— A la vie que vous me faites, Henry, — répondit Marguerite fermement.

— Ainsi, vous vous trouvez malheureuse ?...

— Puisque vous me le demandez, pourquoi mentir ?... — Oui, je suis malheureuse à mourir ! !...

— L'existence avec moi vous pèse ?...

— A tel point, que je supplie Dieu de m'en délivrer en m'ôtant de ce monde...

— Ah ! — cria Henry, — c'est ainsi ! ! —Eh bien,
moi, que dirais-je donc ?

— Vous ? — balbutia Marguerite, — vous ?...

— Oui, moi, — continua le jeune homme, em-
porté par sa colère croissante qui ne lui permettait
plus de mesurer ses paroles, — moi qui me suis
enchaîné à vous par un lien dont le poids augmente
chaque jour !... — moi dont la vie, jadis libre et
joyeuse, est maintenant une longue et monotone
captivité !... — moi qui, dans une union que les
lois condamnent et que les hommes réprouvent,
ai toutes les charges et tous les ennuis du mariage,
mais aucun de ses bénéfices !... — Qu'avez-vous
donc quitté pour moi, vous qui parlez ?... — Un
vieillard que vous ne pouviez aimer !... — Que vous
ai-je sacrifié, moi ? — Mon indépendance, mon
avenir, ma vie !... — Et vous vous plaignez !... mais
c'est de la folie !... — Ah ! l'existence que je vous ai
faite vous paraît pire que la mort !... — Eh bien !
que ne m'aidez-vous à rompre ce lien funeste qui
nous obsède, cette chaîne fatale qui nous meurtrit
tous deux ?... — La liberté que vous regrettez, je
vous la donne !... — Je suis prêt à vous rendre à
votre vieux mari !...

— Taisez-vous, Henry, taisez-vous !... — murmura la jeune femme avec épouvante. — Ce que
vous dites est infâme, et Dieu vous punira !...

—Qu'il me punisse, s'il le veut, j'ai dit la vérité !

En ce moment la porte du boudoir s'ouvrit et M. de Ferny, pâle et terrible, parut sur le seuil.

— Henry Varner, — fit-il d'une voix lente et grave, — vous êtes un misérable, et voici le châtiment que Dieu vous envoie.

En même temps, il marchait sur Henry qui, glacé de stupeur et d'épouvante, reculait devant lui.

Marguerite, agenouillée, les mains levées vers le ciel, s'efforçait de pousser un cri; mais sa gorge contractée et ses lèvres arides ne pouvaient articuler aucun son.

M. de Ferny atteignit le jeune homme qui reculait toujours et semblait fasciné par son regard.

Le bras du vieillard était levé, — sa main s'abaissa, — la lueur des bougies mit un éclair sur l'acier, — et le couteau disparut jusqu'au manche dans la poitrine d'Henry, qui tomba en poussant un soupir...

Le commandant se tourna vers Marguerite, toujours agenouillée.

— Nous sommes vengés! — lui dit-il, — le sang lave les taches de l'honneur... — Viens avec moi maintenant... viens, j'oublierai...

La jeune femme, en entendant ces paroles, sembla retrouver à la fois ses forces et sa voix.

Elle se traîna sur ses genoux jusqu'auprès du cadavre ensanglanté de son amant.

Elle se pencha vers lui, — elle arracha le couteau de l'horrible blessure qu'il venait de faire.

Elle attacha sur son mari le dernier regard de ses grands yeux, qu'animait en ce moment une expression céleste, et elle dit avec un calme étrange :

— Vous venez de nous réunir pour jamais... — Je l'aimais, malgré tout... — je l'aimais... — je vais le rejoindre... Dans ce monde inconnu où nous serons ensemble, au moins il ne me trompera plus...

Et Marguerite, appuyant la pointe du couteau un peu au-dessous de son sein gauche, pesa sur le manche et tomba doucement à la renverse, tandis qu'un filet de sang coulait sur sa robe...

. . . .

M. de Ferny, la tête perdue, ouvrit la porte pour s'enfuir...

Au moment de franchir le seuil, il recula d'un pas.

La petite levrette Gibby venait de s'élancer dans la chambre avec un cri plaintif.

Elle s'approcha des deux cadavres encore chauds et les flaira l'un après l'autre.

Sans doute, avec cet instinct que Dieu a donné à certains animaux et qui ressemble tant à de la raison, elle comprit la vérité car, oubliant sa faiblesse, elle bondit sur le meurtrier et s'efforça de le mordre au visage.

Le commandant, sans même se rendre compte de ce qu'il faisait, la saisit au vol si l'on peut ainsi parler, et ses deux mains, se nouant autour du cou de la pauvre levrette, comprimèrent en l'étranglant ses suprêmes hurlements d'agonie.

Puis, du haut de l'escalier, le corps de Gibby tomba sur les dalles du vestibule...

*
* *

Vingt minutes après ce moment, un homme, — un vieillard, — marchant d'un pas incertain, et chancelant comme s'il était ivre, arriva sur le bord de la Seine, à quelques centaines de pas du Chalet des Lilas.

La lune venait de se lever à l'horizon et jetait sur les eaux calmes ses clartés blanches et brisées...

Le vieillard s'arrêta sur la berge... — quelques minutes s'écoulèrent encore, — puis les eaux soudainement fouettées jaillirent... — On entendit un bruit sourd, — les rayons de la lune tremblèrent dans un grand cercle qui s'élargissait à l'infini.

Cela dura deux ou trois secondes, — ensuite les rides de la Seine s'effacèrent... — le cercle disparut. — On n'entendit plus d'autre bruit que le faible clapotement des eaux transparentes courant entre leurs rives gazonnées...

Sur la berge il n'y avait plus personne...

Et dans le chalet silencieux Henry et Marguerite, — réunis par la mort plus étroitement encore qu'ils ne l'avaient été par l'amour, — dormaient l'un auprès de l'autre leur dernier sommeil...

FIN DU SECOND ET DERNIER VOLUME

F. Aureau. — Imprimerie de Lagny.